Klaus Ibendorf **Mordsache Z**

Klaus Ibendorf

Mordsache Z

und sechszehn weitere Fälle

Bild und Heimat

ISBN 978-3-86789-417-3

1. Auflage dieser Sonderausgabe

Umschlaggestaltung: capa
Umschlagabbildung: Chris Keller / bobsairport
Druck und Bindung: GGP Media GmbH, Pößneck

SUPERillu

In Kooperation mit der SUPERillu
www.superillu-shop.de

FSC
www.fsc.org
MIX
Papier aus verantwortungsvollen Quellen
FSC® C014496

Inhalt

Vorwort

Ich war Feuer und Flamme, als der Verlag mir vorschlug, meinem ersten Buch, in dem ich einige Fälle aus meiner nunmehr zwanzigjährigen Tätigkeit als Gutachter vorstellte, ein weiteres folgen zu lassen. Dieses Bild wähle ich deshalb, weil – wie ich bei Sichtung meiner Unterlagen feststellte – in den letzten Jahren die Zahl der Brände erkennbar zugenommen hatte, zu deren Aufklärung Polizei und Staatsanwaltschaft mich hinzuzogen. Das würde zwangsläufig auch seinen Niederschlag in diesem zweiten Buch finden.

Die erste Sammlung (»Die Spuren der Täter«) war auf bemerkenswerte Resonanz gestoßen. Es gab erstaunliche Reaktionen auch von Kollegen und von Juristen, die ich in dieser Form und Deutlichkeit nicht erwartet hatte. So schrieb etwa ein Vertreter des Bundesverbandes ehrenamtlicher Richterinnen und Richter in dessen Zeitschrift »Richter ohne Robe«: »Die auf technischem Know-how beruhenden Analysen bieten den Gerichten immer noch die besseren Erkenntnismöglichkeiten als die subjektiv gefärbten Aussagen von Zeugen. Aber auch die Deutungen der Sachverständigen sind vom Wollen auf ein gewünschtes Ergebnis nicht frei, wie die Darstellung eines Schiffsunglückes auf der Ostsee (›Der Fall BELUGA‹ – Anm. d. Verf.) verdeutlicht.«

Die zwiefache Botschaft war also angekommen und verstanden worden. Nackte, nachprüfbare Fakten, wissenschaftlich eruiert und dokumentiert, sind allemal verläßlicher als die Aussagen von Beteiligten und Betroffenen. Das ist eine Binsenwahrheit, die aber noch immer oft sträflich ignoriert wird. Nicht nur vor Gericht. Auch im Fernsehen bedient man sich gern zufälliger Zeugen, die nichts weiter mitzuteilen haben als: »Ich hörte einen starken Knall und dann war überall Rauch …« Durch den O-Ton soll alles authentischer und überzeugender wirken. Aber der Wert solcher Aussagen ist meist sehr gering.

Und zweitens: Auch Gutachter (Richter, Polizisten, Schiedsrichter, Rezensenten etc.) sind Menschen und darum nicht frei von Irrtümern. Die vermeintliche Unabhängigkeit ist nur eine gewünschte und behauptete. Jeder von uns lebt in der Gesellschaft, liest Zeitungen, verfolgt die Nachrichten im Fernsehen, hat Gefühle, Sympathien und Antipathien. Das alles bleibt nicht ohne Folgen für die eigene Urteilsbildung. Jeder Mensch ist darum Partei. Ob er sich das eingesteht oder nicht.

Als ich diesen Band konzipierte, beschäftigte mich gerade der Fall der Petra Z., deren Leiche Taucher nach 16 Monaten im Oder-Havel-Kanal gefunden hatten. Sie war eines Nachts aus dem Haus mit dem Auto verschwunden. Ihr Mann meldete sie als vermißt, die Zeitungen berichteten über ihr spurloses Verschwinden, das Fernsehen führte im Juli 2002 ein langes Interview mit Herrn Z. an dessen Imbißstand. Vorn am Tresen klebte ein Ausschnitt aus der Zeitung mit dem Paßbild der seit zwei Monaten Gesuchten.

Die Obduktion der Leiche ergab keine weiteren Erkenntnisse. Die Polizei tappte im dunkeln, die ermittelnde Staatsanwältin schaltete mich ein, um die Frage zu klären, ob es sich um einen Selbstmord oder um ein Kapitalverbrechen handelte. Ich hoffte, daß der Fall bis zur Fertigstellung des bereits unter diesem Titel angekündigten Buches geklärt sei.

Das ist er nicht.

Inzwischen ist der Mann nicht mehr auffindbar. Es geht das Gerücht, er sei im Ausland. Aber was besagen schon Gerüchte? Herr Z. hatte ja auch gegenüber der Polizei angegeben, seine Frau wäre vermutlich nach Polen gefahren, um Zigaretten zu kaufen. Nachts, zwischen zwei und drei Uhr. Im Morgenmantel.

Und schließlich – Frau tot, Mann weg – brannte am 10. August 2004 auch noch das Haus bis auf die Grundmauern nieder.

Der Fall wird immer spannender. Vielleicht kommen wir endlich in Band 3 damit zu Ende.

Dr.-Ing. Klaus Ibendorf

Heiße Jugendmode

Der Sommer begann langsam in Fahrt zu kommen. Für Büroarbeiter wie mich war das egal oder ärgerlich, je nachdem, mit welcher Leidenschaft und Inbrunst man seiner Profession nachging. Ich befand mich noch am Kriminalistischen Institut der Deutschen Volkspolizei zur Ausbildung. Neben der Theorie gab es reichlich Einsätze, bei denen ich Erfahrungen in der Praxis sammeln konnte. Ich freute mich immer, wenn es an einen Ereignisort ging. Und wenn dabei das Wetter noch angenehm war – umso besser.

Der Leiter der Zentralen Einsatzgrupe (ZEG), Oberstleutnant der K Schmalfuß, hatte ein Schreiben aus Erfurt erhalten. Dort hatte wenige Tage zuvor, am 27. Juni 1985, das CENTRUM-Warenhaus gebrannt. Wie VP-Major Grüner aus Thüringen mitteilte, belief sich nach erster Schätzung der entstandene Sachschaden auf etwa sieben Millionen Mark. Kein Pappenstiel. Zwar hatte das Dezernat II der Bezirksbehörde der Deutschen Volkspolizei inzwischen ein Ermittlungsverfahren gegen »Unbekannt« wegen schwerer Brandstiftung eingeleitet, doch offenkundig stocherte man bei der Suche nach der Brandursache noch im Nebel. Deshalb bat er in Berlin um Amtshilfe. Er wollte vom Kriminalistischen Institut ein Gutachten, in dem folgende Fragen beantwortet werden sollten:

»1. Welche Aussagen können anhand der am Brandort vorgenommenen Untersuchung zur Brandausbruchstelle und Brandursache getroffen werden?

2. Welche Aussage kann zu einer möglichen Brandlegungszeit getroffen werden?
3. Welche Zündmittel können vom Täter verwendet worden sein?
4. Welche Aussagen können zur Brandentwicklung und Brandausbreitung im 1. Obergeschoß getroffen werden (Ausbreitungsgeschwindigkeit)?
5. Welcher Zusammenhang besteht vom Brand im 1. Obergeschoß zum Dachgeschoß?«

Die Erfurter hatten dem Schreiben etliche Fotos, Grundrisse und andere Dokumente beigefügt. Gleichwohl wußte Schmalfuß, daß eine Untersuchung vor Ort erforderlich war. Er übergab Major Mettin die Angelegenheit, das war ein versierter Mann und auf der Strecke erfahren. Mettin sollte ein Jahrzehnt später Leiter des Dezernats »Tatortdienste« beim Landeskriminalamt Brandenburg sein, was aber weder ihm noch irgend jemandem schwante, als er Struwe, Rabes und mich zu sich rief. Wir sollten zu viert nach Thüringen fahren und dort die entsprechenden Untersuchungen vornehmen. So und so sei die Lage. Drei Tage habe er für uns eingeplant.

Während der fast vierstündigen Fahrt mit dem Dienst-Wartburg nach Erfurt konnten wir uns noch einmal intensiv austauschen. Allen Beteiligten war bewußt, daß der Schaden weit über die genannte Summe hinausging. Zum einen verfügte Erfurt wie die meisten anderen Bezirksstädte nur über ein einziges Kaufhaus, was diese Bezeichnung verdiente. Wenn durch eine solche Katastrophe die Einrichtung für längere Zeit geschlossen werden mußte, entstanden objektiv Versorgungsprobleme. Und diese waren – zum anderen – sowieso schon existent. Das Land vermochte nie, die unablässig wachsenden

Bedürfnisse zu befriedigen. Das schaffte die Volkswirtschaft nicht. Der allerorts spürbare Mangel trug nicht unbedingt zum Wohlbefinden der Bevölkerung bei. Ein Brand wie dieser verschäfte die Situation. Die verantwortlichen Stellen im Bezirk hatten zu den bestehenden Problemen also ein weiteres hinzubekommen.

»Ich möchte nicht in Müllers Haut stecken«, meinte Struwe ein wenig schadenfroh. Der Bezirkserste »der Partei« war für seinen Ehrgeiz bekannt, ins Politbüro aufzurücken, Kandidat war er ja bereits. Unfälle wie diese jedoch brachten keine Punkte, im Gegenteil. »Die Partei« fühlte sich für alles zuständig, schließlich verstand sie sich als führende Kraft. Folgerichtig wurde sie auch für alles in Haftung genommen. Als habe der Genosse Müller persönlich verhindern müssen, daß das Kaufhaus am Erfurter Anger in Flammen aufging. Selbst ein rascher Aufklärungserfolg dürfte an diesem Umstand nichts ändern. »Die Partei« hatte versagt. Sie war, wieder einmal, Opfer ihrer eigenen Propaganda geworden.

Mit dem Wissen von heute will ich diese Aussage aber relativieren: Solche gesellschaftliche Verantwortung wünsche ich mir beispielsweise angesichts der vielen Ruinen hierzulande. Für die scheint sich niemand zuständig zu fühlen, wenn es keine Besitzer gibt.

»Auch die Bezirksbehörde des MfS wird einiges zu tun haben.«

»Eben«, warf ich ein. »Angesichts der politischen Dimension ist das doch ein Fall für die Staatssicherheit und nicht für uns. Wieso werden wir da um ein Gutachten bemüht?«

»Die haben zwar auch eine Technische Untersuchungsstelle, doch sie sind nicht so borniert, eine Art externes Gegengutachten zu verhindern. Wenn die Kriminalpolizei, die Feuerwehr und sie zum gleichen Resultat kommen, ist das noch nicht von Nachteil. Und sollten sich die drei Gutachten widersprechen oder gar ausschließen, muß man neuerlich ran.« Hauptmann Rabes unterstrich, daß diese parallele Arbeit in seinen Augen durchaus Sinn machte.

Wir kamen am Bahnhof vorbei. Der Platz davor war mir von Bildern bekannt, die inzwischen anderthalb Jahrzehnte alt waren. Im gegenüberliegenden »Erfurter Hof« hatten im März 1970 Willy Brandt und Willi Stoph miteinander gesprochen. Es war das überhaupt erste Gipfeltreffen zwischen einem Bundeskanzler und dem DDR-Ministerpräsidenten gewesen. Doch nicht ihre Zusammenkunft, die bekanntlich keine politischen Resultate brachte, sondern etwas anderes hatte die deutsch-deutsche Öffentlichkeit damals in Wallung versetzt: Auf dem Bahnhofsvorplatz drängten sich Tausende und skandierten: »Willy, Willy!«, was sich natürlich phonetisch kaum von »Willi, Willi!« unterschied. Doch selbst ohne feine Ohren wußte jeder, daß damit der Gast aus Bonn und nicht etwa der aus Berlin gemeint war. Und auch dieser bemerkte es, weshalb er sich kurz am Fenster zeigte und den Arm zum Gruß anwinkelte. Brandt besaß ausreichend Gespür, um nicht unnötig zu provozieren.

Später kursierte das Gerücht, daß diese für die DDR peinliche Vorplatz-Szene angeblich von Honecker veranlaßt worden sein soll. Moskau war ohnehin verärgert über den immer selbstbewußter werdenden Staats- und Parteichef Ulbricht. Und dessen Kronprinz, ein Mann Moskaus, witterte Gelegenheit, Ulbricht kompromittieren zu können: Seht her, lautete die Botschaft, er hat das Land nicht mehr im Griff. Er verhindert nicht, daß auf dem Territorium der DDR dem Kanzler der BRD öffentlich zugejubelt wird. Das ist ein Skandal und Ulbricht nicht mehr tragbar! Bekanntlich wurde binnen eines

Jahres WU vollständig demontiert und in die politische Wüste geschickt …

Wir fuhren über den Platz zum Anger hinauf, um uns zunächst am Brandort zu informieren. Dann sollten sich Konsultationen in der Schillerstraße anschließen, wo die Bezirksbehörde der Volkspolizei arbeitete.

Das CENTRUM-Warenhaus lag zur Rechten. Links davon standen die herausgeputzte Post, rechts mittelalterliche Bürgerhäuser: insgesamt ein hübsches Ensemble, ein architektonischer Stilmix aus mehreren Jahrhunderten. Von vorn war dem Kaufhaus nicht anzusehen, daß es Tage zuvor heftig gebrannt hatte. Das wurde erst offenbar, als wir die Absperrung passierten und die berußten Treppen in das erste Geschoß hinaufstiegen. Wie immer kamen als Brandursache drei Möglichkeiten in Betracht: Brandstiftung – aus Nachlässigkeit oder mit Vorsatz –, technisches Versagen etwa der E-Installation oder ein Arbeitsunfall, in dessen Folge sich etwas unbemerkt entzündete, beispielsweise bei Schweißarbeiten.

Ein Oberleutnant der K erwartete uns. »Uhr« stellte er sich vor und sah sofort unser Grinsen in den Augenfalten. »Wenn Sie auf Ihren linken Arm schauen, haben Sie mich stets vor Augen.«

Humor hatte er ja.

Der Blick in den Brandraum, in dem einst die Jugendmode verkauft worden war, offenbarte das ganze Ausmaß. Wände und Decke waren kahl bis auf den Beton. Aus dem Brandschutt ragten die ausgeglühten Warenträger, durch die offenen Fensterhöhlen ging leichter Wind. In die Nase stieg typischer Geruch.

»Dann wollen wir mal.«

Wir streiften uns die »Blaumänner« über und stiegen in

die Stiefel, denn das Wühlen im Brandschutt ist ein höchst unangenehme, weil dreckige Tätigkeit. Jedes Teil trägt einen schwarzen Überzug, den es sofort abgibt, wenn man es in die Hand nimmt oder nur darüberwischt. Hinterher mußten die Sachen in die Waschmaschine und man selbst in die Wanne. Doch diese Art der Spurensicherung, besser: Entdeckung möglicher Spuren, war unerläßlich. Nur so ließ sich feststellen, wo der Brand begonnen hatte. Und wenn der Punkt lokalisiert war, mußte untersucht werden, was das Feuer ausgelöst hatte. Danach begann, in der Regel, die Arbeit im Labor.

Unter unseren Füßen knirrschte der Schutt. Wenigstens staubte er nicht. Es würde Tage, wenn nicht sogar Wochen dauern, ehe das Löschwasser, das durch alle Etagen gelaufen war, gänzlich aus dem Mauerwerk wich. Wir drehten jedes Teil um, riefen uns diese oder jene Feststellung zu und machten uns kurze Notizen. In Kenntnis der Aufnahmen, die den Raum vorher zeigten, lag es auf der Hand, weshalb die Flammen sich derart rasch ausgebreitet hatten und schließlich sogar aus dem Dach gestiegen waren. Dem Trend der Zeit folgend, war auch hier die Decke mit Elementen aus Plaste verkleidet worden. Sie hatten sich sofort auf der ganzen Fläche entzündet.

Die Decke selbst war allerdings nur so etwas wie eine Feuerbrücke, eine Triebkraft des Brandes gewesen, nicht dessen Auslöser.

Das sah man. Und wir wußten es aus den uns zugegangenen Unterlagen. Karin Asparochow hatte den Brand als erste bemerkt. Sie habe, so gab die stellvertretende Etagenleiterin zu Protokoll, »in einem Warenträger am Stand der individuellen Bedienung« einen brennenden Stapel Pullover gesehen. »Die Flammenhöhe war ca. 30 cm.« Sie habe daraufhin sofort den Feuermelder gedrückt, mit dem gleichzeitig die Berufsfeuerwehr alarmiert wurde. Die rückte auch sofort an. »Nach ca. 1 Stunde wurde der Brand liquidiert. Kurz vor der Liquidierung des Brandes im ersten Obergeschoß wurde ein Brand im vierten Obergeschoß festgestellt, bei dem es zu einem Dachdurchbrand kam«, hieß es dazu weiter im Polizeibericht.

Die 36-Jährige war am Abend des Brandtages zwischen 18 und 18.45 Uhr von Hauptmann der K Opitz und Oberleutnant der K Ullrich vernommen worden. Sekundenweise hatte man zu dritt jeden Schritt rekonstruiert. Karin Asparachow war Punkt 7 Uhr beim Pförtner gewesen und quittierte den Schlüsselempfang (60 Sekunden). Dann war sie über die Treppe ins erste Obergeschoß gegangen, wo sie auf halber Höhe, nach 43 Sekunden, einen Kollegen vom Dienstleistungskombinat (DLK) traf, der sie bereits erwartete. Gemeinsam gingen sie weiter – nach 23 Sekunden erreichten beide die Personaleingangstür, die die Zeugin aufschloß. Dann wäre man über den Hauptkundenweg zum Lastenaufzug gelaufen. Während der Kollege vom DLK seinen Besen aus dem WC holte, wartete Karin Asparachow am Lastenaufzug. Danach ging sie in ihr Büro, der Mann mit dem Besen zurück zum Personalausgang.

Nachdem die Etagenchefin ihre Sachen im Büro abgelegt hatte, sperrte sie die Eingangstür Mayfarth- und Leninstraße auf, schaltete das Licht in den Kundenaufgängen und Verkaufsräumen an und rannte – es war 7.07 Uhr – zurück ins Büro, als dort das Telefon klingelte. Weil sich niemand meldete, legte sie verärgert auf und verließ das Zimmer. Bei der Rückkehr bemerkte sie vor dem Fahrstuhl einen Wagen mit Paketen und zwei fahrbare Warenständer, die bis vor kurzem dort noch nicht gestanden hatten. Sie ließ den Blick schweifen und bemerkte die brennenden Pullover. Sechs Sekunden später betätigte sie den Feuermelder im Bereich Hauptkasse Jugendmode.

Die Feuerwehr rückte in weniger als 60 Sekunden aus. Doch ehe sie am CENTRUM-Warenhaus eintraf, hatte die Zwischendecke Feuer gefangen und fiel wenig später zu Boden.

Alles andere sahen wir zu unseren Füßen.

Die Aussage, daß ein Pulloverstapel als erstes gebrannt haben sollte, schien einen Kurzschluß oder dergleichen auszuschließen. Denn es gab in der Nähe des Regals keine Leitung oder einen Schalter. Jener, mit der die Beleuchtung der Waren in der Jumo angeschaltet wurde, befand sich an der Westwand der Abteilung Herrenoberbekleidung. Dieser war zwar, wie ich per Augenschein feststellen konnte, stark beschädigt – doch das infolge des Brandes. Nein, ein Kurzschluß schied aus. Darüber waren wir uns rasch einig. (Den Klumpen mit dem Schalter trugen wir später in die benachbarte Poliklinik zum Röntgen. Die Schwestern halfen sofort. Auf dem Bild war zu erkennen, daß die Kontakte des Schalters geöffnet waren.)

Selbst wenn die Aussage des Hauptmechanikers Werner Agunke dem zu widersprechen schien. In seiner Befragung durch die Kriminalpolizei zu Problemen der Elektroversorgung hatte er noch am Brandtag zu Protokoll gegeben, Revisionen würden »seit Jahren generell nicht mehr durchgeführt«. Er habe am 24. Februar 1982 und am 10. Januar 1984 die PGH Elektrotechnik angeschrieben und um eine solche Revision nachgesucht, doch die Handwerker hätten weder den Eingang seiner Schreiben bestätigt noch den Auftrag ausgeführt. Der 41-jährige Agunke konnte eine Liste mit allen ortsveränderlichen Geräten vorweisen, die drei Jahre zurückreichte. Er kannte alle Steckdosen und vermochte auch zu sagen, daß »in letzter Zeit« an keiner eine Reparatur vorgenommen worden war.

Auch wenn man die andern minutiös protokollierten Zeugenaussagen genau las, schieden Reparaturen oder andere

Arbeitsumstände aus, die zu einem Brand hätten führen können. Da war nichts.

Johanna Sahl, eine Kassiererin, hatte berichtet, daß sie – wie stets seit 33 Jahren – auch an diesem Donnerstag pünktlich 6.00 Uhr im Warenhaus erschienen war. An der Wache habe sie ihre jüngere Kollegin Beate Wiesemann getroffen. Kollege Tischmacher habe ihnen den Personaleingang aufgesperrt und hinter ihnen wieder verschlossen. »Im Bereich des Kundendienstes habe ich zwei Kollegen des DLK wahrgenommen.« Mit Tischmacher seien sie im Fahrstuhl bis in die dritte Etage gefahren, er habe sie aussteigen lassen und wäre wieder hinuntergefahren. Danach seien sie »durch die Damentoilette« in die Hauptkasse gegangen. Sie habe dort ihre Tätigkeit aufgenommen. »Gegen 7.00 Uhr kamen die Kolleginnen Köcher und Schmidt.« Dann wäre die Sirene gegangen, was sie jedoch für einen Probealarm hielten. Von nebenan wären die Kolleginnen Bekarek, Witter und Aurin gekommen, doch man habe dem Signal keine Bedeutung beigemessen. Erst als die »verantwortliche Kollegin Fischer« erschienen sei und erklärte: »Jetzt müssen wir aber hinunter!«, hätten sie sich zum Personalausgang begeben. »Im Gang kam uns schon so starker Rauch entgegen, daß wir überhaupt nichts mehr sehen konnten und deshalb sofort wieder ins Zimmer zurück sind.« Die Feuerwehr rettete die Frauen mit der Leiter aus dem Fenster ihres Büros.

Die Reaktion der Zeugin war typisch. Die meisten Menschen nehmen zwar Unglücksfälle wahr, doch schließen sie grundsätzlich aus, daß ihnen selbst Vergleichbares wiederfahren könnte. Wenn die Sirene dröhnt, kann es sich nur um einen Probealarm oder eine Übung handeln, meinen sie.

Die 21-jährige Zeugin Beate Wiesemann bestätigte die Darstellung von Johanna Sahl, wobei sie weitere, wenngleich für die Entstehung des Brandes unbedeutende Details hinzufügte, etwa dieses: »Wir haben auch aus dem Fenster auf den Hof geschaut und mußten feststellen, daß sich mehrere Kolleginnen dort versammelt hatten, die uns zuriefen: ›Es brennt!‹« Doch weitere Angaben zum Sachverhalt könne sie nicht machen.

Nach allem, was wir inzwischen recherchiert hatten, kam nur noch Brandstiftung infrage. Irgend jemand mußte im Warenhaus, und zwar mit Vorsatz und vermutlich zielgerichtet in der Jugendmodeabteilung, Feuer gelegt haben. Durch akribisch ausgewertete Weg-Zeit-Diagrammen aller Personenbewegungen im Hause geriet ein 18-jähriger Bauhilfsarbeiter aus Großrudestedt bei Erfurt ins Visier der Ermittler. Er gehörte zu einem Bautrupp, der an einer Stelle im Kaufhaus arbeitete. Bei seiner Vernehmung verhielt er sich zudem merkwürdig: Seine Augenbrauen waren erkennbar angesengt und er spielte fortgesetzt mit einem Feuerzeug. Und seinen Hände wiesen Brandwunden auf. Bei der Hausdurchsuchung am 2. Juli stellte die Volkspolizei u. a. eine Arbeitshose, ein Paar Arbeitsschuhe und ein kariertes Herrenoberhemd sicher.

Die Untersuchungsabteilung der Bezirksverwaltung Erfurt des MfS schickte uns am 12. Juli Hemd, Hose und Schuhe und bat das Kriminalistische Institut zu untersuchen, ob daran »brandtypische Spuren« nachgewiesen werden könnten oder ob »Ein- oder Ablagerungen« vorhanden wären, »die auf andere verbrannte Textilien hinwiesen«. Offenkundig hatte sich nunmehr die Staatssicherheit den Fall komplett auf den Tisch gezogen.

Wir untersuchten alles per Augenschein und unter dem Mikroskop. An Hose und Schuhen fanden wir nichts. Aber am Hemd. Das war aus einem Baumwolle-Polyester-Gemisch. Und die Kunstfaser war punktuell geschmolzen. Wir zählten im Brust-Bauch-Bereich neun winzige Brandlöcher. »Aufgrund ihrer Größe und Form können diese Schädigungen am ehesten durch Funkenflug bzw. durch wegfliegende brennende oder glühende Teilchen erklärt werden«, schlußfolgerten wir. Da wir aber am Brandort keine Brandbeschleuniger gefunden hatten, war die Frage unverändert offen, wie man binnen kurzer Zeit eine solche Flammenhölle hatte anrichten können. Handelte der Täter allein oder gemeinschaftlich mit anderen?

Der Beschuldigte hatte zwar behauptet, er habe sein Gasfeuerzeug an einige Pullover gehalten, worauf diese umgehend zu brennen begonnen hätten. Er habe das Feuer mit bloßen Händen ersticken wollen, was ihm mißlang. Die Ermittler bezweifelten, daß auf diese Weise ein ganzes Kaufhaus ein Opfer der Flammen hätte werden können. Entweder deckte er seine Komplizen, oder es war noch anderes im Spiel, was man bislang nicht beachtet hatte.

Hier ist der Untersuchungsauftrag zum Brand des CENTRUM-Warenhauses, schrieb grußlos der Leiter der Untersuchungsabteilung der Bezirksverwaltung für Staatssicherheit, Oberstleutnant Wagner, am 12. Juli nach Berlin.

Uns blieb also nichts anderes übrig, als den Jumo-Stand mit den entsprechenden Dekorationen und Textilien nachbauen zu lassen. Im Versuch wollten wir testen, ob die Aussage von Mario K. stimmen konnte, mithin: ob er der alleinige Brandstifter gewesen sein könnte, wie er vorgab. Die Brandlöcher in seinem Hemd bewiesen überdies gar nichts: Sie konnten ja auch von Zigarettenglut herrühren oder beim Hantieren mit dem Schweißgerät entstanden sein. Der junge Mann arbeitete schließlich auf dem Bau.

Entsprechend den uns vorliegenden Fotos und den Aussagen der Mitarbeiter des CENTRUM-Warenhauses rekonstruierten wir den Verkaufsstand mit all den Textilien, die dort hingen. Die Obertrikotagen bestanden mehrheitlich aus synthetischem Material, die solche exotischen Kürzel trugen wie »PAN mit PES«.

Zunächst entzündeten wir einen einzelnen, zusammengefalteten Pulli. Die Flamme erlosch bereits nach zehn Minuten und drei Sekunden und hatte nur zur Hälfte das Shirt verbrannt. Bei der Wiederholung des Experiments mit zwei Pullis standen in knapp fünf Minuten beide im Vollbrand. Ein größerer Stapel dieser Textilien hatte also eine größere »Chance«, vollständig vernichtet zu werden denn ein Einzelstück.

Sodann machten wir uns an das eigentliche Experiment. Es hingen die Obertrikotagen frei von der Decke auf Bügeln, die ebenfalls aus Kunststoff waren und damit selber brennen würden, sobald die Zündtemperatur ausreichte.

Wie vermutet stand der nachgebaute Verkaufsstand binnen fünf Minuten im Vollbrand. Damit war belegt, daß die Aussage von Mario K. stimmte. Er hatte sich damit als Täter überführt.

Als Motiv gab er Unzufriedenheit mit den Preisen in der Jugendmode an. Diese seien ihm zu hoch, die angebotenen Waren zu teuer gewesen.

Es traf zu, daß die DDR eine merkwürdige Preispolitik betrieb, die inzwischen alle auf dem Markt geltenden Regeln außer Kraft setzte. Um einerseits die mitunter absurden Subventionen finanzieren zu können und um andererseits Kaufkraft abzuschöpfen, die sich inzwischen auf vielen Konten mangels Verwertungsmöglichkeiten häufte, legte das Staatliche Amt für Preise für neue Waren oft abenteuerliche Summen fest.

Das gab zusätzlich böses Blut und führte zu nicht minder irrationalen Reaktionen wie etwa die von Mario K., der offensichtlich schlichten Gemüts war. Natürlich hatte er in seinem

»heiligen Zorn« nicht das ganze Kaufhaus abfackeln, sondern diesem nur einen Denkzettel verpassen wollen. Doch kaum ein vernünftig denkender Mensch käme auf eine solche Idee, »Gerechtigkeit« mit dem Gasfeuerzeug einfordern zu wollen.

Am 15. Januar 1986, morgens 7.30 Uhr, begann vor dem Bezirksgericht am Domplatz in der Strafsache Mario K. ein Verfahren wegen schwerer Brandstiftung.

Er wurde am Ende zu 10 Jahren Haft verurteilt. Es ist zu vermuten, daß er nicht länger als bis 1990 einsitzen mußte.

Vater, Mutter, Kind tot

Heinrich Böll wird die Prägung der Wendung »fürsorgliche Belagerung« zugeschrieben. Er bezeichnete damit die Vielzahl der Maßnahmen, die in den 70er Jahren im Kampf gegen den Terrorismus ergriffen wurden. Die Hysterie im Umfeld der Rote-Armee-Fraktion mit Rasterfahndung, Lauschangriff und Postkontrolle bahnte den Weg in den Polizeistaat.

Paul Nolte, ein Professor aus Bremen, erfand knapp dreißig Jahre später das Idiom »fürsorgliche Vernachlässigung«, was mir nicht weniger treffend erscheint. Damit wollte er den Rückzug des Staates aus seiner Verantwortung benannt wissen. Zwar gebe es, wenngleich zunehmend eingeschränkt, ein System sozialer Sicherungen, woran eine gewisse »Fürsorge« zumindest in Rudimenten erkennbar sei. Zugleich werde jedoch immer weniger darauf geachtet, ob und in welcher Weise der einzelne Bürger daran überhaupt partizipierte, schrieb Nolte. Unter der Flagge einer abstrakten Freiheit überließ man jedem sich selbst und seinem Schicksal.

Belege, wie das ausschaut, finden sich regelmäßig in der Zeitung. Da wird beispielsweise von einem Krankentransporter eine alte Frau vom Hospital nach Hause gefahren, ohne daß jemand benachrichtigt wird, und nach Wochenfrist findet man die Patientin daheim tot in ihrem Rollstuhl – so, wie sie zuvor abgeladen worden war. Oder es werden leerstehende Wohnblocks abgerissen, obgleich doch die Zahl der Obdachlosen steigt. (Ja, ich kenne das Argument: Die meisten »Penner« zögen die Ungebundenheit einer zugewiesenen Plattenbauwohnung vor. Nur: Die geringste Zahl der Obdachlosen wählte freiwillig das Schicksal auf der Straße. Und natürlich hat Resozialisierung auch etwas mit Vorschriften zu tun.) Die Organisation eines gesellschaftlichen Mit- und Füreinanders kann nicht auf Zwang verzichten.

Offenkundig handelt es sich also bei der »fürsorglichen Belagerung« und der »fürsorglichen Vernachlässigung« um zwei Seiten einer Medaille. Es sind die Individualisierung von Verantwortung und die Reduktion des Individuums auf eine statistische Größe als Konsument und als Sicherheitsrisiko. Das wurde mir nachdrücklich bewußt, als ich einen Unfall in Strausberg untersuchen mußte. Eine Familie würde noch existieren, hätte es so etwas wie Brandschutzwochen und -belehrungen gegeben, wie sie in der DDR Brauch waren. Im Herbst, bevor die Heizperiode anbrach, liefen die Mitglieder von Freiwilligen Feuerwehren durch ihre Dörfer, krochen auf Dachböden, musterten die Öfen und Schornsteine. Natürlich hatten diese Neugier und die anschließenden Belehrungen, was man alles falsch mache und darum zu ändern habe, auch etwas Lästiges. Dennoch waren die Kontrollen von nicht geringem Wert: Die Prophylaxe verhinderte manchen Wohnungsbrand.

Das alles gibt es nicht mehr. Doch das liegt nicht ausschließlich daran, daß die Zahl der Öfen rückläufig ist und man mit Gas oder Öl modern, umweltfreundlich und weniger gefährlich heizt. Sondern es ist Teil jener »fürsorglichen Vernachlässigung«, die Menschen mitunter mit ihrem Leben bezahlen müssen.

Am letzten Februartag des Jahres 1996 – und da es ein Schaltjahr war, handelte es sich um den seltenen 29. des Monats – beauftragte mich das Polizeipräsidium in Frankfurt/

Oder mit der Untersuchung eines solchen Unglücksfalles. Vier Tage zuvor, am Sonntagabend, waren in Strausberg drei Menschen auf tragische Weise gestorben. Das vom zuständigen 6. Kommissariat beauftragte Gerichtsmedizinische Institut hatte zweifelsfrei eine Rauchgasvergiftung festgestellt, also Tod durch Kohlenmonoxid. Ich sollte nun ermitteln, wie es zu diesem folgenreichen Brand in der August-Bebel-Straße 48 in Strausberg gekommen war.

Die Presse hatte bereits ausführlich berichtet, und die Zeitungen mit großen Lettern brachten die Meldung vorzugsweise auf der ersten Seite. Nicht die Tatsache allein, daß drei Menschen zu Tode gekommen waren, machte den Fall zu einem besonderen. Sondern daß es sich um eine junge Familie gehandelt hatte. Eva-Maria Verheyen war 32, ihr Mann Wolfgang 38 Jahre alt. Von ihren beiden Kindern war der fünfjährige Benjamin gestorben. Sein Bruder, der achtjährige Roy, hatte einzig deshalb überlebt, weil er mittags zu seiner Oma Martha gegangen und dort über Nacht geblieben war. Eine ausgelöschte Familie und ein Vollwaise boten ein Maß an Tragik, das den lokalen Rahmen sprengte.

Kriminalkommissar Appel vom 6. Kommissariat informierte mich über die bereits erfolgten Untersuchungen und gab mir das Protokoll der Brandortbesichtigung zur Kenntnis.

Ich fuhr mit Hans-Gustav Creydt nach Strausberg. Der ehemalige Fußballtorwart vom BFC Dynamo hatte sich nach seiner Sportlaufbahn zum Diplomingenieur und Diplomkriminalisten qualifiziert und arbeitete seit der Wende als Freier Sachverständiger. Er hatte schon viele Brände aufgeklärt und war auf dieser Strecke ein versierter Mann. Ich arbeitete seit geraumer Zeit mit ihm.

Der dreigeschossige Altbau in der einstigen Kreisstadt war

nicht gerade das, was man als attraktiv bezeichnete. In den letzten Jahren schien an dem Gebäude nur wenig bis nichts gemacht worden zu sein. Die Fassade befand sich in einem vergleichsweise ordentlichen Zustand, nichts deutete auf den Brand hin. Doch der Blick auf die rückwärtige Front offenbarte die Vernachlässigung des Hauses. Das Mauerwerk wies kaum noch Putz auf, Elektrobahnen wanden sich unter den Fenstern entlang, und die Fallrohre der Dachrinnen führten unter Mißachtung aller Vorschriften in den Boden. Inzwischen hatten die Mieter bereits begonnen, ihr in Mitleidenschaft gezogenes Mobiliar zu entsorgen. Sie wählten den kürzesten Weg: das Fenster. In der Ecke, unter der Parterrewohnung türmte sich der Sperrmüll.

Creydt schaute mich an. Sein Blick offenbarte alles. Nein, freiwillig würde er hier nicht wohnen wollen.

Wir kehrten in den Hauseingang zurück. Die Decke war berußt, die Wände trugen schwarze Streifen. Die wildmontierten Briefkästen schienen kleine Rußhörnchen zu tragen. Ein Brand erzeugte mitunter bizarre Zeichen. Zum Hochparterre führten einige Stufen. Neben der Tür hingen drei Stromzähler, aus denen sich etliche Elektrokabel wanden. Daneben hing der Verteiler, der ein dickes Kabel, das aus dem Fußboden stieg, in sich aufnahm und dann in drei teilte. Es sah aus, als sei der Krieg erst vorgestern zu Ende gegangen.

Unmittelbar neben dem Eingang stand ein Schuhregal mit Kinderstiefeln, Latschen und anderem Schuhwerk. Die verrußte Tür stand offen. »Bergemann« war auf dem Schild zu lesen.

Vom Flur gingen zwei Zimmer rechts zur Straßenseite ab, zur linken lag das Kinderzimmer, wo es gebrannt hatte. An der Stirnseite des Flures, durch eine leichte Trennwand abgeteilt, befand sich die Toilette. Die Wohnung gehörte Karin Bergemann. Sie lebte allein mit ihren beiden Kindern Katja (15) und Roland (9). Ihr Mann Klaus wohnte zwar noch am Ort, doch jeder ging seit dem Vorjahr eigene Wege. So zumindest hatte ich es dem Protokoll entnommen.

Frau Bergemann arbeitete bei der Bahn und hatte die Aufsicht auf dem Bahnhof Hegermühle. Sofern sie diese in der Nacht ausübte, bat sie ihren Bruder Helmut ins Haus, damit die Kinder sich nicht selbst überlassen waren und morgens, nach einem ordentlichen Frühstück, rechtzeitig zur Schule geschickt wurden. Helmut konnte das insofern, als er ohne Arbeit war. Der Mittvierziger hatte die Schule nach der 7. Klasse verlassen und keinen Beruf erlernt. Also schlechteste Voraussetzungen für Zeiten hoher Arbeitslosigkeit. Bei seiner Verhaftung gab er an, im Monat etwa fünfhundert Mark Arbeitslosengeld zu beziehen. In der Presse wurde er zuweilen als Frührentner bezeichnet: als wollte man mit diesem Begriff ein tragisches Schicksal ein wenig aufhübschen. Frührentner klang nicht so grausam wie Langzeitarbeitsloser …

Bergemann hatte bei seiner Vernehmung am Montag zu Protokoll gegeben, daß er gegen 18.30 Uhr in der Wohnung eingetroffen wäre. Seine Schwester hatte bereits das Haus verlassen. Da es kalt war, habe er als erstes Feuer in Rolands Zimmer gemacht und dann den Ofen im Wohnzimmer angeheizt. Er hätte einen Kohlenanzünder benutzt, fünf Holzscheite darauf gelegt und schließlich Kohlen eingeworfen, fast einen ganzen Eimer. Im Protokoll hatte er aber auch gesagt: »Vor dem Ofen lag Knüllpapier.«

Das wertete ich als ersten Hinweis, daß eventuell Glut aus der Ofentür gefallen sein könnte und auf diese Weise das Feuer im Kinderzimmer entfacht hatte.

Die gesamte Wohnung war durch den Rauch in Mitleidenschaft gezogen. Hier konnte man allenfalls das Geschirr noch verwenden; alles andere müßte man entsorgen – den Brandgeruch wurde man sonst nie mehr los.

Ich ging mit Creydt durch die Räume und dokumentierte wie stets jeden Winkel mit der Kamera. Alle Steckdosen waren frei, verschmorte Kabel nicht erkennbar. Und da es nur in einem einzigen Raum gebrannt hatte, konnte wir uns ausschließlich auf dieses Zimmer konzentrieren.

Wir stocherten im Brandschutt vor dem Kachelofen und fanden überdurchschnittlich viel Papierasche und sogar Reste von Zeitungen. Darunter war der Fußbodenbelag weggebrannt – nur hier, an keiner anderen Stelle im Raum. Auch zwischen Ofen und Wand fanden sich reichlich Asche und unverbranntes Papier. Die einzige Steckdose, etwa einen Meter vom Ofen entfernt, lag frei. Die Aluminiumleitung war geschmolzen. Und da keine Stifte eines Steckers zu sehen waren, konnte davon ausgegangen werden, daß der Brand wirklich natürlichen Ursprungs gewesen war.

»Manche begreifen es wohl nie!« Creydt scharrte mit dem Fuß in der Asche vorm Ofenloch.

»Das haben sie uns damals sogar in der Schule eingebleut: kein brennbares Material in der Nähe des Ofens lagern. Und hier stapelten sich offenkundige die Zeitungen.«

Ich blätterte noch einmal im Vernehmungsprotokoll. Bergemann hatte angegeben, daß er nach zehn Minuten ins Zimmer seines Neffen gegangen war, um sich zu vergewissern, daß die Kohle angebrannt war. »Weil das Feuer manchmal auch ausgeht.« Offenkundig zog die Esse schlecht, oder im Ofen selbst hatte sich inzwischen zuviel Asche abgelagert. Dabei habe er festgestellt, daß »der Ofen geräuchert« habe. Weil »heller Qualm aus der oberen Feuerluke« ausgetreten sei, hätte er einen Flügel des Zimmerfensters geöffnet. Mehr nicht. Danach wäre er wieder ins Wohnzimmer zum Fernsehen gegangen.

Nach der »Tagesschau« habe er noch einmal nach dem Ofen geschaut und registriert, daß dieser noch immer qualmte. Daraufhin habe er mit dem Feuerhaken die Tür geöffnet, um zu sehen, ob die Kohlen bereits durchgeglüht waren, was nicht der Fall gewesen sei. Er schloß deshalb nur die Klappe und ließ beide Türen auf.

Nach einer Viertelstunde etwa habe Roland das Wohnzimmer verlassen und bei seiner Rückkehr erklärt, daß der Ofen noch mehr qualme als vorher, inzwischen zöge der Rauch sogar in den Flur.

Diese Nachricht veranlaßte Bergemann, neuerlich nach dem Ofen zu sehen. Doch als er die Zimmertür öffnete, schlug ihm bereits schwarzer Rauch entgegen. Obgleich er, wie er angab, kein Feuer gesehen haben wollte, hätte er »Raus!« gerufen und Roland und Katja, die die ganze Zeit in ihrem Zimmer gewesen waren, zum Verlassen der Wohnung aufgefordert. Die Schülerin der 9. Klasse einer Förderschule hatte die ganze Zeit im benachbarten Zimmer ferngesehen und nichts bemerkt. – Die Wohnungstür blieb auf.

Er selbst habe auf der Straße ein Auto gestoppt und den Fahrer gebeten, die Feuerwehr zu benachrichtigen. Die wäre nach etwa zehn bis fünfzehn Minuten auch gekommen.

Inzwischen drang Raum aus dem offenen Fenster, auf dem Bürgersteig sammelten sich bereits Schaulustige, eine Glasscheibe zersprang. Bergemann wurde befragt, ob er auch die Bewohner des Hauses benachrichtigt hätte. Das verneinte er. »Ich wollte eigentlich ganz nach oben zu der Familie Verheyen, weil ich weiß, daß diese ein Telefon haben. Sie sollten die Feuerwehr verständigen, da es mir zu lange dauerte, bis sie kam«, erklärte er. »Ich bin aber nur eine halbe Treppe hochgekommen. Weiter kam ich nicht, weil schon alles verqualmt war.«

Wenig später fand ein Feuerwehrmann die drei Verheyens auf den Stufen im Treppenflur liegend. Tot. Sie hatten sich offenkundig ins Freie retten wollen und waren erstickt.

Die anderen Mieter wurden von der Feuerwehr in Sicherheit bzw. ins Krankenhaus gebracht. Frau Reinstein, die in der darüberliegenden Wohnung lebte, trug eine schwere Rauchvergiftung davon. Aber drei Menschen waren tot …

»Hast du alles?« Creydt nickte. Wir hatten genug gesehen. Für uns war das ein leichter Fall – nicht so für die Hinterbliebenen und Betroffenen. Manchmal bin ich froh darüber, nur in dieser Form mit dem Leid anderer Menschen konfrontiert zu sein. Dennoch rührte mich auch so der Schmerz. Solche Unfalltode sind immer »sinnlos«. In Fällen jedoch, wo Fahrlässigkeit im Spiel ist, besonders.

Zurück im Büro in Schönow sichtete ich noch einmal alle Unterlagen und fand bei der Vernehmung von Karin Bergemann einen interessanten Hinweis. Nachdem sie die Möglichkeit ausgeschlossen hatte, daß ihre Kinder gekokelt haben könnten, stellte ihr der Vernehmer die Frage: »Haben Sie eine Vermutung, wie es zum Brand in Ihrer Wohnung gekommen sein könnte?«

Darauf antwortete sie: »Meiner Meinung nach kann Papier rüber zum Ofen geflogen sein und sich angezündet haben, wenn Glut aus dem Ofen gefallen ist. Anderes wüßte ich nicht.«

Nein, das Papier mußte nicht fliegen – es lag bereits da, wie ihre Kinder und der Bruder unisono bestätigt hatten.

So setzte ich mich denn an den Computer und formulierte das Gutachten, das von mir gefordert worden war.

»Ausgehend von den Ergebnissen der Ereignisortuntersuchung lassen sich die gestellten Fragen wie folgt beantworten:

1. Die Brandausbruchsstelle befand sich im Bereich des Ofenbleches vor dem Kachelofen des zum Hof gelegenen Kinderzimmers der Parterrewohnung Bergemann.

2. An der Brandausbruchsstelle war entgegen allgemein bekannter Brandschutzrichtlinien Papier angehäuft, das durch Glutteilchen, wie sie beim Abbrand von Briketts insbesondere in der Anheizphase entstehen, entzündet wurde. Die Glutteilchen konnten wirksam werden, weil sie sowohl durch die offenstehende äußere Feuerraumtür als auch durch die geöffnete Aschetür austreten konnten. Auf eine mögliche Entzündung des Papiers durch offene Flammen gibt es keine Hinweise.

3. Bei einem Brand entsteht neben anderen Reaktionsprodukten fast ausnahmslos auch das toxische Kohlenmonoxid. Sein Anteil wird hauptsächlich von der Luftzufuhr bestimmt. Innerhalb von Räumen, auch wie hier bei teilweise geöffnetem Fenster, liegen solche Verhältnisse vor, daß aufgrund des Sauerstoffdefizits relativ viel Kohlenmonoxid entsteht. Darauf weisen auch die Rußablagerungen an den Wänden hin, deren Entstehung von einer unvollständigen Verbrennung zeugt. Die Thermik und die gegebenen Zugverhältnisse transportierten die Gase vor allem über das Treppenhaus nach oben. Die offenstehende Wohnungstür im Parterre trug maßgeblich zum Austritt und zum Aufsteigen der CO-reichen Brandgase im Treppenhaus bei. Begünstigend auf den Auftrieb wirkte sich auch das Öffnen der Wohnungstür im 2. Obergeschoß aus. Die sauerstoffreiche Atmosphäre konnte dadurch leichter verdrängt und durch die Brandgase ersetzt werden.«

Gegen Ende des Jahres erreichte mich die Ladung des

Amtsgerichts Strausberg. In der »Strafsache gegen Helmut Bergemann« sollte ich als Sachverständiger aussagen.

Heiße Reifen

In irgendeinem privaten Fernsehkanal läuft seit einigen Jahren eine Reihe unter dem Motto »Die dümmsten Einbrecher«. Der Einsatz des Superlativs erfolgt, wie jeder normale Mensch sofort erkennt, ausschließlich wegen der marktschreierischen Wirkung. Denn woran bemißt sich, ob ein Gesetzesbrecher dumm, dümmer oder eben am dümmsten ist? Eine Unterscheidung ist objektiv unmöglich. Dennoch offenbaren die Videoclips, welche meist von Überwachungs- und Polizeikameras in den USA aufgezeichnet wurden, ein erstaunlich hohes Maß an Naivität und Unbedarftheit.

Zur Ehrenrettung der Amerikaner kann der nachfolgende Fall dienen. Er zeigt, daß hierzulande Menschen mit krimineller Energie mitunter nicht weniger beschränkt agieren.

Am 28. Februar 2001 kam es, wieder einmal, auf der vielbefahrenen Autobahn zwischen Berlin und Hamburg zu einem Unfall. Ulrich A. aus der Hauptstadt reiste mit seinem dunklen BMW standesgemäß: auf der linken Überholspur und erheblich zu schnell. Deshalb reichte der Bremsweg nicht aus, um sein Fahrzeug noch hinter dem letzten Auto eines Staus, einem Daihatsu, zum Stehen zu bringen. Instinktiv versuchte er, seinen Wagen zwischen diesem Fahrzeug und der Leitplanke zu plazieren, was nur bedingt gelang: Ein vor dem Koreaner wartender Audi A 4 stand zu weit links und bot dem BMW die Kante. Die traf Ulrich A. präzise. Daraufhin krachte der Audi auf einen VW, dem dritten Fahrzeug in der Warteschlange von hinten.

Vier Autos hatten erheblichen Blechschaden. Es lief die in solchen Situationen übliche Maschinerie an. Die Polizei erschien, nahm den Unfall auf und dokumentierte alles. Die Unfallteilnehmer informierten ihre Versicherungen, führten ihre Fahrzeuge den zugelassenen DEKRA- oder sonstigen Gutachtern vor, brachten sie zum Reparieren in die Werkstatt und klärten die Übernahme der Kosten durch die Versicherung des Schadensverursachers. Die Sachlage war klar: Wer auffährt, hat Schuld.

Offenkundig muß jedoch die Versicherung und/oder die Polizei ein wenig irritiert gewesen sein, denn erst kurz zuvor hatte dieser BMW-Fahrer schon einmal einen Unfall angezeigt.

Am 9. Januar, keine sechs Wochen zurück, hatte sich Ulrich A. bei der Polizei in Fürstenwalde gemeldet. Er gab zu Protokoll, daß ihm – auf der Landstraße von Briesen nach Berlin unterwegs – ein Reh vors Auto gelaufen sei. Er habe nicht mehr rechtzeitig bremsen können. Die Folge waren Beschädigungen im Frontbereich und an der Beifahrerseite.

Die Beamten musterten das Unfallfahrzeug genau und stellten an den bezeichneten Stellen nicht nur Blechschäden, sondern auch Tierhaare fest. Damit war alles klar. Zusammenstöße mit Wild kamen in dieser Gegend häufig vor. Sie notierten und fotografierten alles und gaben die Papiere zu den Akten.

Der PKW-Schaden wurde von einem Ingenieurbüro in Berlin am 15. Januar untersucht. Der Gutachter kam zu der Auffassung, daß es sich um einen Totalschaden handelte, was damit zu erklären war, daß er die erforderlichen Reparaturkosten höher ansetzte als den aktuellen Wert des Fahrzeuges. Ulrich A. – richtiger: seine Frau Ellen A., die Versicherungsnehmerin – bekam von der Versicherung in Saarbrücken die vom Gutachter genannte Schadenssumme in Höhe von 8.400 DM ausgezahlt.

Als Restwert waren 1.200 DM angegeben worden. Diesen Betrag forderte A. nun am 8. März bei der Versicherung ein. Als Begründung dienten ihm Fotos, die angeblich am 22. Februar von seinem BMW gemacht worden waren – also vor dem Autobahnunfall. Denn trotz der Januar-Prognose (»Totalschaden«) habe eine Werkstatt preiswert sein Gefährt wieder repariert – siehe fotografische Belege. Da aber nunmehr nach dem Unfall am 28. Februar der BMW definitiv nicht mehr zu reparieren sei, stünde ihm also nun auch der seinerzeit taxierte Restwert von 1.200 DM zu.

Der Argumentation schien eine gewisse Logik innezuwohnen. Dennoch machte sie stutzen. Versicherungen unterstellen grundsätzlich, daß man sie über den Tisch ziehen will. Nun kann man dagegenhalten, daß die wenigen schwarzen Schafe keine hinlängliche Begründung liefern, allen Versicherungsnehmern grundsätzlich zu mißtrauen. Doch auch aus der Sicht der reichen Versicherungen ist es zwingend, zunächst jede Angabe in Zweifel zu ziehen. Lieber verärgert man einen Ehrlichen, als daß man einen Unehrlichen Kasse machen läßt. Profite teilen auch Versicherungen ungern. Mit der Größe des Unternehmens, so meine Beobachtung, nimmt die Nachsicht ab und die Skepsis zu.

Auch die Polizei gab sich neugierig (oder hatte Hinweise) und bemerkte am Unfallfahrzeug etliche Umstimmigkeiten, so daß sie sich veranlaßt sah, den BMW nicht nur aus dem Verkehr zu ziehen, sondern offiziell zu beschlagnahmen. Die Sicherstellung des Fahrzeuges durch das Landeskriminalamt Brandenburg wurde mit dem Verdacht des Diebstahls, der Urkundenfälschung und der gewerbsmäßigen Bandenhehlerei begründet.

An mich erging durch die Staatsanwaltschaft Frankfurt der

Auftrag festzustellen, ob tatsächlich der vorgegebene Wildunfall stattgefunden habe. Daneben sollte ich noch untersuchen, ob am sichergestellten Fahrzeug weitere reparierte und/oder kaschierte Unfallschäden feststellbar wären.

Staatsanwalt Berthold sorgte dafür, daß mich Kriminalhauptkommissarin Karbe von der Abteilung 2, Dezernat 23 im Landeskriminalamt darüber in Kenntnis setzte, was man dort bereits ermittelt hatte. Ich verstand dies auch als legitimen Hinweis, worauf ich bei meinen Untersuchungen achten sollte.

Die Sache schien reichlich verworren.

Bei dem Unfallfahrzeug mit dem Kennzeichen OH-HC 976 handelte es sich – dem Anschein nach – um einen BMW 730i. Nun weiß jeder, daß Kennzeichen ausgewechselt werden können und die Fahrgestellnummern für die Identifizierung eines Fahrzeugs wesentlich sind. Laut der in den Papieren eingetragenen Fahrgestellnummer handelte es sich um ein Fahrzeug vom Baujahr 1989, das am 7. Oktober 1999 in Berlin-Kreuzberg als gestohlen gemeldet worden war. Da trug es noch das Kennzeichen ME-TL 920.

Die Nummer, die an der vorgeschriebenen Stelle im Motorraum (auf der Beifahrerseite über dem Windlauf) angebracht war, stammte zwar von einem äußerlich baugleichen BMW 730i. Als dieser jedoch einen Totalschaden erlitt, trug er noch das polizeiliche Kennzeichen DO-XE 169. Der Schrotthaufen wurde mit Papieren als Ersatzteilspender nach Polen verkauft.

Die ursprüngliche Fahrzeugnummer im Auto von Ulrich A. war also herausgetrennt und das Blech mit der anderen Nummer eingesetzt und verschweißt worden. Stellte sich also die Frage: Was war das für ein Fahrzeug, das an dem eingeschweißten Blech mit der Identifikationsnummer hing?

Ulrich A. gab vor, sein Auto gemäß Kaufvertrag am 12. Dezember 1999 von einer Berliner Baufirma erworben zu haben. Allerdings zeigte sich bei näherer Betrachtung, daß dieses Unternehmen bereits 1998 seine Tätigkeit eingestellt hatte. Angeblich war die Firma an einen Polen mit unbekanntem Wohnsitz verkauft worden.

Die Auflösung des Bauunternehmens wurde von einer Firma mit dem Namen »Brandenburgfinanz« besorgt.

»Brandenburgfinanz« war Ulrich A.

Nach Begutachtung durch die DEKRA in Frankfurt wurde das Fahrzeug von Ulrich A. im April 2000 »wieder« zugelassen …

In der gleichen Zeit hatte Staatsanwalt Berthold ein Ermittlungsverfahren auf dem Tisch. Es handelte sich um einen Autodiebstahl. In Prag, so gab ein Lars A. aus Fürstenwalde an, sei ihm am 2. Februar 2001 sein BMW 525 TD gestohlen worden. Und diesen hatte er drei Monate zuvor angeblich oder tatsächlich von Ulrich A. erworben.

Nun waren auch einige polnische Autoknacker erwischt worden, die u. a. berichteten, von eben jenem Lars A. beauftragt worden zu sein, zu offenkundig vorhandenen Fahrzeugpapieren ein passendes Gefährt zu stehlen, eben einen BMW 525 TD.

Ein anderer Gutachter war beauftragt worden, die tatsächliche Geschichte des offensichtlich umfrisierten Autos zu ermitteln. Der Verdacht bestätigte sich, die Veränderungen wurden nachgewiesen.

Da aber in der verworrenen Angelegenheit wiederholt der Name Ulrich A. auftauchte, wurde er nach entsprechenden Ermittlungen als einer der Protagonisten des vermuteten Autoschieberrings arretiert.

Meine Aufgabe war klar definiert. Ich sollte nur ein Moment

im Schuldenkonto des Verdächtigten aufklären. Nämlich den vermeintlichen Wildunfall.

Der Gerichtsbiologe Brückner vom LKA Brandenburg hatte inzwischen festgestellt, daß die am Fahrzeug sichergestellten Haare wie behauptet »von einem Tier aus der Familie der Hirsche (Cervidea) stammen, wozu die Gattungen Edelhirsche, Damhirsche und Rehe gehören. Es handelt sich um dünne Wollhaare und dicke Grannenhaare des Winterfells. Vergleichende Untersuchungen mit Sammlungsmaterial der Tierhaarsammlung des LKA Brandenburg ergaben, daß die Spurenhaare wahrscheinlich von den Läufen eines Rehes stammen.«

Er habe keine Hinweise darauf gefunden, ob das Tier zum Zeitpunkt des vermeintlichen Zusammenpralls noch lebte oder bereits tot war. Hinweise auf einen möglichen Gerbprozeß habe er gleichfalls nicht gefunden. »Somit kann ausgeschlossen werden, daß die Haare von einem gegerbten Fell stammten«, hieß es am Ende.

Ich bemerkte bei der Untersuchung der mir zugestellten Haare des weiteren, daß sie alle glatt durchtrennt waren, was für einen Unfall eher unwahrscheinlich war. Mißtrauisch genug fand ich schließlich ausreichend Hinweise darauf, daß die Wildhaare mit einer Schere aus dem Fell eines Tieres getrennt worden sein mußten. Sie waren nicht herausgerissen, sondern säuberlich geschnitten.

Und die Haare hatte man – vermutlich Ulrich A. – dann einfach ans Blech des Autos angebracht.

Aber ich sollte ja nachweisen, daß ihm kein Reh ins Auto gelaufen war und er den Wildunfall vorgetäuscht hatte. Dazu war der Beweis eines glatten Haarschnitts vermutlich ausreichend.

Gemeinsam mit dem Kfz-Sachverständigen Thomas Strese nahm ich in dessen Diagnosewerkstatt Bernau das Fahrzeug genau unter die Lupe. Strese hatte in der DDR das Buch »Lada – wie helfe ich mir selbst?« herausgegeben, was wegen der fehlenden Werkstattkapazitäten ein Bestseller war. Unlängst erschien sein Ratgeber sogar in Bulgarien. Man sieht: Die Regierungen kommen und gehen – die Probleme der Autofahrer aber bleiben …

Wir fanden auf Anhieb eine Reihe reparierter und nicht reparierter Unfallschäden. Der Mann hatte entweder sein Auto nicht im Griff oder das Gefährt schon viele Schicksalsschläge erfahren. Bei einem Kilometerstand von fast 250.000 kein Wunder. »Die Reparaturen wurden überwiegend nur notdürftig oder unsauber ausgeführt«, schrieb ich in mein Gutachten. Und der vermeintliche Wildunfall, so belegte ich, war eine Kollision mit einem relativ festen, kantigen Hindernis. Ich tippte eher auf eine Leitplanke als auf einen Leithirsch.

Auch dieser Schaden »wurde nicht fachgerecht, sondern nur kosmetisch repariert. Die rechte Fahrzeugseite mit den Eindellungen und Scharten in der Schutzleiste und der Beifahrertür wurden überhaupt nicht instandgesetzt. Andere Teile wurden im wesentlichen nur einer Notreparatur unterzogen.«

Schon auf dem zweiten Blick war erkennbar, daß der Autofahrer in Physik nicht aufgepaßt haben konnte – anderenfalls hätte er es unterlassen, auch noch an den Türen Haare anzubringen. Denn bei einem Frontalzusammenstoß kommt ein Tier entweder unter die Räder oder fliegt auf die Motorhaube, aber nicht von der Seite gegen die Fahrertür. Das lassen die Gesetze der Physik einfach nicht zu. Also schrieb ich ins Gutachten: »Der Darstellung, daß die Beschädigungen der linken Fahrzeugfront durch den Aufprall eines Tierkörpers entstanden sein sollen, kann nicht gefolgt werden. Ebenso kann das Tier nicht von der rechten Fahrzeugfront bei den Läufen erfaßt worden sein (woher die Haare nachweisbar stammten) und dann auch noch die Beifahrertür samt Schutzleiste durch seitlichen Druck beschädigen, um in Längsrichtung unregelmäßig verteilte Haare und im weiteren Verlauf der Schutzleiste Scharten zu hinterlassen. Hier liegt offensichtlich eine Manipulation vor.«

Ich schickte wie üblich mein Gutachten an die Staatsanwaltschaft nach Frankfurt/Oder. Meine Feststellungen flossen in den Prozeß ein. Wie ich später hinter vorgehaltener Hand erfuhr, hatte man Ulrich A. offenkundig schon eine Zeitlang oberserviert und auch sein Telefonat mit einem Förster mitgeschnitten. Bei diesem hatte er ein frischgeschossenes Reh besorgt, vom dem er sich die – jahreszeitgemäßen – Winterhaare besorgte. So dumm war er nun also doch nicht.

Allerdings konnte natürlich das Abhörprotokoll nicht in den Prozeß eingeführt werden, womit einmal mehr die ganze Fragwürdigkeit des Großen Lauschangriffs offenbar wurde. Bekanntlich machen mit Hinweis auf die Verbrechensbekämpfung diverse Dienste täglich lange Ohren, und das zumeist ohne richterlichen Auftrag; Branchenkenner gehen davon aus, daß inzwischen vielleicht nur jeder zehnte Telefonmitschnitt gesetzlich gedeckt ist. Und selbst dieser Prozentsatz ist spekulativ: Er kann noch geringer sein.

Ich vermute, daß der Autoschieberring nicht nur durch handwerkliche »Fehler« aufflog, sondern schon eine Zeitlang im Visier der Ermittlungsbehörden war – mit dem bekannten Resultat. Gleichwohl mußten, wie schon in den Zeiten vor dem Großen Lauschangriff, die Gutachter mit ihren Belegen die ultimativen Nachweise von Manipulation und Täuschung erbringen. Was nicht nur den Wert unserer Zunft bestätigte.

Sondern auch die Frage nach Notwendigkeit und Berechtigung einer Telefonüberwachung provoziert. Sie verhindert keine Straftaten, greift aber ungefragt in die Privatsphäre Unbeteiligter und Unbescholtener ein: Was hatte der harmlose Förster mit den Autoschiebern zu tun? Objektiv gelangte er aber nunmehr ebenfalls ins Interesse der Ermittler.

Und ob die so erlangten Daten und Informationen tatsächlich gelöscht wurden und werden, wie behauptet, kann so wenig überprüft werden wie die Tatsache, daß man überhaupt abgehört worden ist bzw. noch immer überwacht wird.

Da herrscht auf Nachfrage Schweigen im Walde.

Jeder Autoschieber kann sich also unbehindert Rehhaare besorgen, an ein Unfallauto kleben und bei der Versicherung abkassieren, sofern er nicht später noch eine weitere Dummheit begeht, mit dem er dem letzten Staatsdiener auffallen muß.

Auf die nach solchen Darstellungen stets vorgebrachten Entschuldigungen, daß brave Staatsbürger ja nichts zu fürchten hätten (»Ein reines Gewissen ist ein sanftes Ruhekissen«), läßt sich nur trotzig-demokratisch antworten: Als ordentlicher Bürger will ich nichts zu fürchten haben, sondern überhaupt in Ruhe gelassen werden – so, wie es im Grundgesetz formuliert ist.

Kaltes Buffet

Seit Jahrzehnten ist die Wendung von der vermeintlich heißen Schlacht am kalten Buffet im Umlauf. Die Häufigkeit ihres Gebrauchs hat den ursprünglichen Witz verschlissen. Darum ist man doppelt überrascht, wenn man in der Realität tatsächlich mit einem solchen Sachverhalt konfrontiert wird und sich überdies zeigt, daß er noch komischer ist als gemeinhin vermutet. Das Leben schreibt, auch dies eine Binsenwahrheit, die besseren Satiren.

Am 8. Februar 2003 lud Familie P. zu einer Feier. Angesichts der langen Liste hatte man sich entschlossen, den Festsaal der Gaststätte im Gutsschloß Bomsdorf anzumieten. Und da man sich von der lästigen Pflicht befreien wollte, Kellner mit Bestellungen zu traktieren, beauftragte man den Partyservice Nemack mit der Ausrichtung eines Buffets – so wie es allerorten Brauch.

Zu diesem Zweck hatte der Vermieter einen Nebenraum des Saales zur Verfügung gestellt und dort zehn Tische zusammengeschoben. Darauf breitete das Hauspersonal die üblichen Papierdecken. In der Mitte errichtete man einen Podest, der ebenfalls unter einer Tischdecke aus Papier verschwand. Auf diesen Altar stellte jemand einen dreiflammigen Kerzenleuchter.

Wenige Minuten nach 18 Uhr an jenem Samstag erschien der Partyservice in Gestalt von Bernd Nemack. Er lud Speisen und Zubehör aus, darunter drei sogenannte Warmhaltegeräte, Neudeutsch: Chafing Dish. Das sind Gestelle, in denen ein Wasserbad mit den Speisewannen hängt, Fachwort:

Gastro-Normeinsätze. Das Wasser wird von zwei Brennern auf Temperatur gehalten. Dazu benutzt man eine spezielle Gel-Brennpaste. Die Flamme wird mit einem Deckelschieber reguliert und brennt in der Regel anderthalb Stunden. Die Sache ist sicher und unproblematisch. Das Gel kann weder ausfließen noch explodieren.

Nemack plazierte diverse Brettchen mit Wurst und Schinkenröllchen, geräuchertem Lachs und Forelle, zwischendrin Schüsseln mit Salaten und andere Leckereien. Käsesuppe und Filetpfanne im Wasserbad, links die Teller, Schälchen, Bestecke und Servietten. Das Dessert wollte er, gleichsam als Krönung, auf dem Podest unterbringen. Doch als er den noch mit Folie überzogenen Obstkorb dort abstellen wollte, gab der Unterbau merklich nach. Also suchte er dafür einen anderen Platz. Allerdings erwies es sich auch als unmöglich, die Dessertgläser hinzustellen, denn es handelte sich um keine glatte Fläche, sondern um eine Art Gitterrost, in dessen Löcher die Füße der Gläser zu rutschen drohten. Kein Beinbruch: Nemack war vom Fach und zeigte sich als fähig, mit allen Fährnissen des Daseins flexibel umzugehen. Nach etwa einer halben Stunde war alles getan. Da er noch weitere Feste an diesem Abend zu bestücken hatte – die Wochenenden sind für Leute seines Schlages naturgemäß die Hauptstoßzeiten – durfte er nicht säumig sein. Er ließ den Kunden das Buffet begutachten. Der Familienvorstand umrundete es, betrachtete die Arbeit von allen Seiten, nickte Zufriedenheit und zückte die Brieftasche. Cash and carry – sehen, nehmen und kaufen …

Bevor Nemack davoneilte, zündete er die Brenner an und informierte Frau P. über deren Funktion. Dem Gespräch wohnten auch die Wirtin, P.s Tochter und, vermutlich, deren Freundin bei.

Die Tür fiel ins Schloß, ein Auto rollte vom Hof, die Gäste strömten an die Tafel. Dort herrschte das übliche Gedränge. Nach etwa 45 Minuten war das Buffet im wesentlichen abgeräumt. Im Festsaal saßen die Gäste satt und zufrieden – der Abend nahm den in solchen Fällen üblichen Verlauf. Ab und an zog ein Nimmersatt noch einmal an den abgegrasten Futterplatz, doch irgendwann verwaiste er endgültig, die Flammen unter den Warmhaltebehältern waren erloschen.

Gegen 21 Uhr stieg einem der Gäste jedoch Brandgeruch in die Nase, der nicht aus den Zigaretten, Zigarren und Pfeifen herrührte, die im Festssaal qualmten. Er ging der Nase nach und geriet in den Nebenraum, wo sich das Buffet befand.

Das stand in Flammen!

Er rief »Feuer!«, und schon griffen die Männer beherzt ein. Die Freiwillige Feuerwehr wurde nicht alarmiert. Wozu auch: Viele Kameraden gehörten zur Familie. Der Brand war rasch gelöscht, der Schaden überschaubar. Zwei Tische waren angekohlt, Ruß lag auf der ganzen Tafel und im Raum. Besonders Wände und Decke waren in Mitleidenschaft gezogen worden, eine Renovierung wohl kaum zu vermeiden. So beherzt, wie die Männer zur Brandbekämpfung geschritten waren, so engagiert schafften die Frauen Ordnung. Dabei stellten sie fest, daß ein Fuß eines Warmhaltegerätes eingeknickt war. Es ragte daraus ein Eisendraht hervor, was einen »Experten« in der Runde zum Schluß kommen ließ, daß das Gerät defekt und nur notdürftig repariert gewesen sei. Unter der Last der Speisen wäre der Fuß gebrochen, das Warmhaltegerät habe sich geneigt. Dabei wäre die Brennflüssigkeit ausgeflossen. Kurzum: Das wäre die Ursache des Brandes …

Nach dieser scharfsinnigen Analyse wurde Bernd Nemack telefonisch einbestellt. Das war gegen 21.50 Uhr. Als dann

Reizworte wie Schadenersatz und Schmerzensgeld fielen, informierte dieser umgehend seine Versicherung und fuhr mit deren Vertreter nach Bomsdorf ins Gutsschloß. Dort herrschte, wie nicht anders zu erwarten, helle Aufregung. Ein Wort gab das andere, die Reden wurden immer hitziger, die Vorhaltungen heftiger. Nemack bestand darauf, die Feuerwehr zu rufen, damit der Vorgang einen amtlichen Anstrich erhielt. Die Feuerwehr erschien gegen 22.30 Uhr in Bomsdorf, das ein Ortsteil von Neuzelle ist. Vorsichtshalber bat der schwerattackierte Party-Dienstleister darum, auch die Polizei einzuschalten, was 23.30 Uhr durch den Bürgermeister erfolgte.

Nemack, Versicherungsvertreter, Feuerwehr und Polizei sahen nacheinander: nichts.

Das gesamte Buffet war bereits aus dem Raum entfernt und der Raum grob gereinigt worden. Die Warmhaltegeräte standen in der Küche, das abgeräumte Essen im Schankraum. Man zeigte eine verformte Plastikschüssel, einen angebrannten Brötchenkorb. Und eben den eingeknickten Fuß mit dem Draht.

Die Tischplatte zeigte einen Brandfleck von einem Quadratmeter, dort hatte sich das Podest befunden.

Alle, die vom Fach waren, rauften sich die Haare. Wie sollte auf diese Weise eine Brandursache erforscht werden? Es waren nahezu alle Spuren, in denen man hätte lesen können, beseitigt worden. Nichts gegen Ordnung und Sauberkeit – aber alles zu seiner Zeit. Und das hier war einfach zu früh passiert.

Aufgebracht gingen bzw. fuhren alle nach Hause. Die Feierstimmung war eh schon dahin, und Licht war in dieser Samstagnacht nicht mehr ins pyromanische Dunkel zu bringen. Das sollten die Experten erledigen.

Das Polizeipräsidium in Frankfurt/Oder, konkret die Kriminalpolizei, forderte mich auf, für die Staatsanwaltschaft zu untersuchen, was ursächlich den Brand ausgelöst hatte und meine Feststellungen in einem Gutachten mitzuteilen. Dazu sollte ich folgende Fragen beantworten:

»1. Wie kam es dazu, daß ein Fuß des Warmhaltegerätes abknickte? Wies er eine Vorschädigung auf, war eine unsachgemäße Reparatur durchgeführt worden?

2. Kann das Abknicken des Fußes durch das Warmhaltegerät soweit aus der Grundstellung geraten, daß Brennpaste aus den Brennereinsätzen auf den Tisch gelangen konnte?[...]«

Schon aus den Fragen war ersichtlich, daß die ermittelnden Kriminalisten den geäußerten Vermutungen bereitwillig folgten. Das war durchaus legitim, bedeutete letztlich aber eine Fokussierung auf ein Thema. Was, wenn diese Spur völlig in die Irre führte?

Ich erhielt das Corpus delicti, das Warmhaltegerät mit dem eingeknickten Fuß, den Draht, den angekohlten Brotkorb sowie eine Reihe von Fotos zugestellt, die die Polizei noch in der Nacht geschossen hatte. Bei den Unterlagen befanden sich auch zwei Privatfotos, die von der Familie P. vor der Eröffnung des Buffets gemacht worden waren.

Ich untersuchte zunächst das Warmhaltegerät. Rahmen wie Boden waren aus Edelstahlblech und durch das Feuer angelaufen. Die Füße bestanden aus einer Zink-Druckgußlegierung mit einem niedrigen Schmelzpunkt, die mit einer anderen Legierung überzogen war. Bruchstellen vermochte ich nicht zu entdecken, wohl aber Aufplatzungen im Überzug, aus denen dann Schmelze herausgelaufen war.

Bei der Röntgenanalyse fand ich heraus, daß die Zink-Legierung auch rund 6,5 Prozent Aluminium enthielt, was die Schmelztemperatur des Fußes auf etwa 385 Grad senkte. Der

Fuß war aus dekorativen Gründen zunächst mit einer galvanisch erzeugten Kupferschicht überzogen worden, darüber gab es eine Nickel- und abschließend eine hauchdünne Chromschicht. Kupfer schmilzt bei 1.083 Grad Celsius, Nickel bei 1.453 und Chrom bei 1.857. Keine der drei Schichten war beim Brand geschmolzen.

Der Draht, den man beigefügt hatte, war Bindedraht, den man bei der Herstellung von Kunstblumengestecken verwandte.

Da ich aber weder Bruchstellen am Fuß fand noch andere Hinweise auf eine Reparatur am Rahmen, konnte ausgeschlossen werden, daß dieser Draht vom Warmhaltegerät stammte.

Danach wollte ich in Erfahrung bringen, ob beim plötzlichen Abkippen der Brenner aus der Halterung flog bzw. Gel aus dem Brenner floß. Ich füllte die Brennpaste (»Gel Chafing Fuel«) ein, zündete sie an und ließ mehrmals das Gerät kippen und hart aufschlagen. Nichts passierte. Selbst bei vollständig geöffneter Drosselkappe trat nichts aus, der Brenner blieb in seiner Vertiefung. Für mich stand darum eindeutig fest, daß dieses Gerät nicht den Brand ausgelöst haben konnte.

Diese Annahme wurde bestätigt durch den Zustand des Fußes selbst. Seine Standfläche war erhalten, der Teil darüber aber war geplatzt, das Innere geschmolzen, ausgelaufen und daraufhin erst das Gerät gekippt – und nicht umgekehrt.

Die Initialzündung rührte von einem anderen Punkte der Tafel. Aber von welchem?

Ich musterte noch einmal alle Bilder und studierte erneut die von Bernd Nemack zu Protokoll gegebene Aussage.

Auf dem einen Foto war der dreiflammige Kerzenständer zu erkennen, der auf dem Podest stand. Die Kerzen brannten bereits. Der Ständer war mit Kunststoffblumen freundlich geschmückt.

Ich griff mir an den Kopf. Natürlich, das war es!

Die Kerzen brannten herunter und entzündeten irgendwann das schmückende Beiwerk. Das fiel dann herunter und entzündete die Papiertischdecke, die über dem Podest gebreitet war. Der Obstkorb verbrannte, der Leuchter kippte um. Der Bindedraht fiel in die Nähe des Warmhaltebehälters. Dort begann im Feuer der eine Fuß zu schmelzen, das Gerät kippte. Die Schmelze umschloß den Bindedraht partiell und vermittelte dem oberflächlichen Betrachter, es habe eine unsachgemäße Reparatur gegeben.

Ich konnte also mein Gutachten mit der Schlußfolgerung beenden: »Die Ursache des Ereignisses liegt in dem fahrlässigen Umgang mit offenem Licht begründet, indem der Leuchter mit den brennenden Kerzen und der daran befestigten brennbaren Dekoration unbeaufsichtigt gelassen wurde. Der Straftatbestand der fahrlässigen Brandstiftung ist jedoch nicht erfüllt, da keine wesentlichen Gebäudeteile selbständig gebrannt haben.«

Der Party-Service war damit von jedem Verdacht freizustellen. Es war mehr als ein Freispruch erster Klasse. Nemack hatte nicht nur völlig korrekt bei der Installation des kalten Buffets gehandelt, sondern auch nichts falsch gemacht, als man ihn an den Pranger zu stellen versuchte.

Aber auch die aufgebrachten Gäste, denen auf diese Weise die Feier verleidet worden war, möchte ich von dem Vorwurf freistellen, sie hätten dem Manne mit Vorsatz und aus niederen Gründen das Leben schwermachen wollen. Ich kenne den Zug der Zeit durchaus, Dienstleistungen zu monieren und mit fadenscheinigen Argumenten Preisnachlässe zu fordern oder die Bezahlung mit Hinweis auf formale Dinge hinauszuzögern: das Passivrubrum ist falsch, die Umsatzsteuer nicht korrekt ausgewiesen oder das Datum steht an der falschen Stelle …

Selbständige Unternehmer wie ich kennen die tausend legalen Tricks, mit denen Geld zurückgehalten werden kann. Nein, in Bomsdorf waren ordentliche Leute zusammengekommen, denen man allenfalls nachsagen muß, daß sie wenig Erfahrung im Umgang mit Bränden hatten.

Doch wer kann das schon von sich behaupten, der – im Unterschied zur Feuerwehr oder Gutachtern – selten bis nie mit einem heißen Buffet zu tun hat?

Schwarzgeld

Seit Jahren versuchen Trickbetrüger unbescholtenen Bürgern unter dem Vorwand, sie könnten rasch sehr viel Geld verdienen, wenn sie denn zuvor einiges investierten, über den Tisch zu ziehen. Eine gewisse Geldgier läßt sie oft den gesunden Menschenverstand ausschalten. Die sogenannte »Nigeria Connection« zum Beispiel versendet per Fax und per Email entsprechende Offerten. Man möge seine Kontonummer angeben, wo einige Millionen geparkt werden sollen, ehe sie dann nach Nigeria flössen. Für diesen Dienst gäbe es eine angemessene Provision, doch vorher sei ein kleiner Obolus fällig, um bestimmte bürokratische Hürden zu nehmen.

Wer immer dahinter steckt: Diese Versuche, obgleich polizeibekannt und wiederholt in den Medien publiziert, finden ungebremst Fortsetzung.

Als Gutachter hatte ich es in jüngster Zeit mit einer modifizierten Variante zu tun.

Im Januar 2004 meldete sich bei mir ein in Venlo in Holland lebender Deutscher. Er sprach am Telefon nur in Andeutungen, und wenn er meinte, etwas besonders Geheimnisvolles mitzuteilen, begann er zu flüsten. Aus den ein wenig wirren Ausführungen ging folgendes hervor:

Bei ihm seien ein paar dunkelhäutige Herren aufgekreuzt und hätten ihm einen Koffer vorgewiesen. Dieser enthielt schwarzes Papier in der Größe von und gebündelt wie Banknoten. Es handele sich auch um Geldscheine, hätten ihm die freundlichen Herren erklärt. Nur hätten diese ein Manko: Sie wären mit einer schwarzen Farbschicht überzogen, die niemand entfernen könne. Der Besitzer, das Oberhaupt eines afrikanischen Staates, habe sie auf diese Weise vor Dieben schützen wollen.

Das Familienvermögen sei auf verschiedene Bankschließfächer »rund um den Globus« verteilt worden. Unlängst sei der Patriarch verblichen und die Familie in Geldnot gekommen. Überdies sei der einzige Mann, dem der Premier die Zusammensetzung des Reinigungsmittels anvertraut habe, um aus dem Schwarzgeld wieder ordentliches Geld machen zu können, bei den jüngsten Unruhen ums Leben gekommen.

Ob er jemanden wisse, der das Geld waschen könne?

Dem Holländer wurde nicht nur eine Provision zugesichert, sondern auch eine Erfolgsprämie in Aussicht gestellt, sofern er jemanden ausfindig machte, der ein Reinigungsmittel entwickeln könnte. Damit, so der Anrufer, könne er sich zur Ruhe setzen.

Die Herren erbaten sich eine kleine Anzahlung auf die in Aussicht gestellte gewaltige Provision, die der Holländer – so schloß ich aus seinen konfusen Mitteilungen – gegen die Aushändigung eines schwarzen »Geldscheins« leistete. Nur widerwillig habe man seinem Drängen nachgegeben, die Logik aber erforderte es nun einmal, daß man eine chemische Begutachtung nur am konkreten Objekt vornehmen könne.

Ich verzichtete darauf zu ergründen, weshalb Andreas P. aus Venlo ausgerechnet auf mich gekommen war, und ließ mir stattdessen von ihm den Schein zuschicken. In der letzten Januarwoche traf der Brief in meinem Büro ein. Aufgegeben war er per Einschreiben in Deutschland. Sicher ist sicher.

Der Absender hatte darin noch einmal alle Umstände aufgelistet und die Hinweise hinzugefügt, die ihm die netten Herren aus Afrika aufgetragen hatten. Bei dem Reinigungsmittel habe es sich um ein wasserlösliches Konzentrat gehandelt, das wie Shampoo schäumte und einen intensiven Geruch verbreitete, wenn ihm kein Parfüm im Verhältnis 3:1 zugegeben worden war. Die schwarze Farbe würde sich binnen Sekunden vollständig auflösen. Allerdings solle man Handschuhe beim Entfärben tragen.

Vielleicht, so mußmaßte der Holländer, könne mir das schon weiterhelfen.

Abschließend ersuchte er mich: »Ich möchte Sie nochmals ausdrücklich darum bitten, diese Zeilen keinem Dritten zugänglich zu machen.« Und zur Kommunikation mit ihm solle ich »vorzugsweise das Fax oder E-Mail« benutzen, »da mir beim Telefonieren zu viele zuhören«. Herrliche Einfalt: Wenn das eine möglich ist, so ist es das andere ebenfalls.

Ganz klar: Hier handelte es sich um einen Spinner und Wichtigtuer, solche Post landet bei uns üblicherweise im Papierkorb. Doch ich schaute mir natürlich den beigefügten »Geldschein« an: Auch ohne chemische Untersuchung war rasch ersichtlich, daß es sich um ganz normales Scherenschnitt-Papier handelte. Mehr nicht.

Ich gebe allerdings zu, daß die Ganoven-Idee, Schwarzgeld im Wortsinne zu begreifen, etwas für sich hatte. Mein Mitleid mit den Toren, die in ihrer Geldgier auf den Trick hereinfielen (Andreas P. aus Venlo wird nicht der einzige gewesen sein), hielt sich jedoch in Grenzen.

Weniger milde hingegen stimmte mich ein anderer Trick, mit dem sich die Staatsanwaltschaft in Frankfurt/Oder zu beschäftigen hatte. Mehrere Handwerksmeister aus der Region hatten Anzeige wegen Erpressung und Betruges bei der Polizei erstattet.

Sie waren von zwei, drei Rumänen – sie benutzten dabei

das politisch nicht korrekte, vermutlich jedoch zutreffende Wort »Zigeuner« – in der Werkstatt aufgesucht worden. Diese machten sich anheischig, die Lebensdauer bestimmter Werkzeuge durch ein spezielles Härteverfahren zu verlängern und deren Gebrauchswert zu erhöhen. Während dem zögernden Meister die Qualität eines derart behandelten Meißels demonstriert wurde, sammelten die anderen bereits herumliegende Werkzeuge ein, ohne daß ihnen dazu Zustimmung erteilt worden war.

Der solcherart überrumpelte Handwerker sah sein Arbeitszeug davonziehen und war nicht wenig überrascht, als nach einigen Tagen die Personen wieder bei ihm vorstellig wurden. Sie wiesen ihm sein Werkzeug vor, das dem Augenschein nach angeschliffen und farblich ein wenig verändert schien, brünniert, meinten sie.

Erfreut langte der Handwerker nach dem Vermißten, doch die Herren erklärten sich zur Herausgabe nur dann bereit, wenn die von ihnen verlangte Summe für die erbrachte Dienstleistung gezahlt würde. Anderenfalls würden sie wieder gehen. Mit dem Werkzeug.

Zähneknirschend reichte ein Handwerker nach dem anderen die geforderten Scheine. Dann verdrückten sich die Erpresser.

Die Zurückbleibenden stellten bald fest, daß die »Verbesserung« ihres Werkzeuges allenfalls eine oberflächliche war und erstatteten folgerichtig Anzeige wegen Betruges.

Am 27. April 1997 stellte mir die Staatsanwaltschaft eine Rohrzange, einen Holzbohrer, einen Betonborer, einen Meißel und einen Metall-Bohrer mit dem Auftrag zu, diese zu untersuchen und festzustellen, ob daran eine »weitere härtesteigernde Behandlung« vorgenommen worden wäre. Die Geschädigten hätten »aufgrund ihrer allgemeinen Kenntnisse den Verdacht geäußert, daß ihre Werkzeuge nur neu angeschliffen und vermutlich in ein heißes Ölbad getaucht wurden. Ihre eigenen Feststellungen nach Nutzung der o. g. ›spezialgehärteten‹ Werkzeuge geht dahin, daß sie keine längere Nutzungsdauer feststellten und der Meinung sind, betrogen worden zu sein.«

Ich nahm das behandelte Werkzeug unter die Lupe. Dessen Oberfläche war klebrig und trug einen gleichmäßig braunen Überzug, der nicht kratzfest und ziemlich dünn war. Mit einer Feile oder einem Messer war er leicht zu beschädigen.

Als erstes Werkzeug nahm ich mir den Meißel vor. Hier war sowohl die Schneide als auch der gesamte Schaft behandelt worden, was unlogisch schien: Warum muß der Schaft einer »Spezialhärtung« unterzogen werden?

Sodann trennte ich erwärmungsfrei Probestücke aus dem Kopf, dem Schaft und der Schneide des Meißels, präparierte diese metallographisch und legte sie unters Mikroskop.

Dabei stellte ich fest, daß das Mikrogefüge des unbehandelten Kopfes mit dem des behandelten Schaftes übereinstimmte, es gab auch keine signifikanten Unterschiede zwischen der Rand- und der Kernstruktur.

Die Schneide ließ – wen aber überrascht das? – tatsächlich ein Härtungsgefüge erkennen. Allerdings entsprach dieses dem üblichen Herstellungszustand eines solchen Werkzeuges. Nachträgliche Einflüsse konnte ich nicht feststellen.

Zu ähnlichen Resultaten kam ich auch bei den anderen Werkzeugen. Im übrigen war Hartmetall, wie es in der Schneide des Betonbohrers als Widiaplättchen zu finden ist, eine Verbindung aus Wolfram und Kohlenstoff (Wolframcarbid), die gar nicht mehr gehärtet werden kann.

Ich konnte also dem Staatsanwalt in Frankfurt/Oder in voller Überzeugung mitteilen: »Bei den untersuchten Werkzeugen wurde weder eine Härtesteigerung noch überhaupt eine Veränderung der Stahlstruktur festgestellt. Es hat weder ein klassisches Härten (Glühen bei hohem Temperaturen und überkritischer Abkühlung) mit nachfolgendem Anlassen, noch irgendein Diffussionsverfahren (Änderung der Randstruktur z. B. durch Anreichern mit bestimmten Stoffen), noch die Ausbildung einer harten Deckschicht stattgefunden.« Und um es ganz deutlich zu sagen, stellte ich in meiner Schlußfolgerung, mit der ich jedes Gutachten zu beenden pflege, lapidar fest: »Es ist definitiv keine Härtesteigerung der Werkzeuge und damit keine Verbesserung der werkzeugspezifischen (z. B. Standzeit, Schnittleistung, Verschließwiderstand) gegenüber dem Vorzustand erfolgt.«

Mithin: Es handelte sich um reine Augenauswischerei. Der Vorwurf der Erpressung und des Betruges war also begründet.

Ich weiß jedoch nicht, ob man die Truppe jemals dingfest gemacht hat oder ob sie in ein anderes Bundesland gezogen ist.

Nun mag vielleicht diesen oder jenen der beachtliche Aufwand irritieren, der auch in einem solchen Falle geleistet wurde (das Gutachten bestand aus mehreren Seiten, hinzugefügt waren eine Reihe Fotos, ein Eisen-Kohlenstoff-Diagramm mit den Angaben der Härtetemperaturen bei unlegiertem Stahl und diverse Unterlagen zu sogenannten niedriglegierten Stählen). Und auch Leuten meiner Profession stellt sich mitunter die Frage nach der Sinnfälligkeit solcher Untersuchungen, da es offensichtlich ist, daß wir es mit Trickbetrügern zu tun haben, die Sache also klar wie Kloßbrühe ist, wie der Berliner zu sagen pflegt.

Doch vor Gericht entscheiden nun einmal nur Fakten. Wenn also jemand des Betruges überführt werden soll, muß auch der präzise Nachweis geführt werden, wie betrogen wurde.

Selbst wenn meine Arbeit in diesem Falle wahrscheinlich umsonst war, weil man die Täter nicht faßte, muß sie im Interesse des Gemeinwesens und der Rechtsstaatlichkeit geleistet werden. So will es das Gesetz. Und das ist auch gut so.

Schüsse auf den Buspiloten?

Inzwischen wird ja hinter jedem Reissack, der unvermutet umfällt, El Quaida vermutet. Zischt eine Gasflasche, ruft man vorsichtshalber nach Terrorexperten. Rieselt weißes Pulver aus der Post, wird Quarantäne übers Dorf verhängt ... Die Hysterie hat inzwischen das entlegenste Kaff erreicht, und falls noch jemand hoffte, daß die Medien im Zeitalter der Aufklärung an die Grenzen der Massenbeeinflussung stoßen würden, weil sich etwa der gebildete Mitteleuropäer, ausgestattet mit Wissen und Vernunft, der hysterischen Panikmache entzöge, sieht sich einer Illusion überführt.

Zweifellos gibt es nicht nur Terroristen, sondern auch verwirrte Einzelgänger, die aus unterschiedlichen Motiven beispielsweise eine mit Nägeln versetzte Sprengladung vor einem Frisiersalon in Düsseldorf oder eine Handgranate unter einem Auto in Prag hochgehen lassen. Ich will diese objektive Gefahr nicht kleinreden. Tatsache allerdings ist auch, daß die Zahl solcher »Anschläge« in den letzten Jahren keineswegs dramatisch zugenommen hat: Gestiegen ist jedoch die publizistische Aufmerksamkeit, mit der solche Aktionen in Presse und Medien behandelt werden. Stürzt hinten in der Mandschurei eine Jurte um, erfährt dies via Satellit binnen Minuten fast die ganze Menschheit. Und da noch vor einigen Jahren die Welt davon keine Notiz nahm – obwohl doch schon immer in der Mandschurei Jurten umfielen –, schreien die Gazetten, daß die Gefährdung im hinteren China dramatisch zugenommen habe, und Kommentatoren fordern die Wissenschaft auf, endlich wirksame Mittel zur Abwehr unkontrolliert einstürzender Jurten zu entwickeln, bevor die Welt von eben diesen endgültig begraben wird …

Solchen Konnex muß man sich denken, als ich im August 1997 von der Polizei nächtens an die Autobahn bei Bernau gerufen wurde. Dort stand ein Reisebus aus Wensickendorf auf der Standspur. Die Einstiegstür aus Einscheibensicherheitsglas war gesplittert. Bekanntlich entstehen im Glas, was aus diversen Mineralien geschmolzen ist, beim Abkühlen der Schmelze permanente und temporäre Spannungen. Die zeitweiligen verflüchtigen sich, wenn das Glas kontinuierlich heruntergekühlt wird. Die anderen bleiben und sorgen dafür, daß etwa eine Fensterscheibe zu Bruch geht, wenn ein Fußball dagegen fliegt.

Nun haben schon vor Jahrzehnten die Fachleute entdeckt, daß man die temporären Spannungen halten kann, wenn man Glasscheiben neuerlich erhitzt und dann in einer Luftdusche rasch herunterkühlt. Dadurch wird das Glas nicht nur härter, sondern es entsteht auch ein Geflecht von Spannungslinien, das man erst gewahr wird, wenn die Autoscheibe zersplittert. Auf diese Weise wird verhindert, daß große Glasspieße bei einem Unfall entstehen, die zu Verletzungen führen könnten. Daneben verwendet man bei Windschutzscheiben zuweilen auch sogenanntes Mehrscheibensicherheitsglas, bei dem zwei Scheiben mittels einer Folie zusammengeklebt sind. Dadurch verhindert man, daß die Windschutzscheibe ins Auto krachte. Früher löste sich nach einiger Zeit die Folie und der Autofahrer hatte Blasen vor den Augen. Das waren aber Kinderkrankheiten, die sich inwzischen erledigt hatten.

Also auch die 2,16 Meter hohe und einen Dreiviertelmeter breite Einstiegstür das Busses war aus Einscheibensicherheitsglas und darum gänzlich zersplittert.

Die etwa dreißig Schüler und Erzieher aus Klosterfelde, Wandlitz und Zerpenschleuse waren inzwischen mit einem anderen Bus nach Hause gefahren worden. Verletzt wurde niemand, die Kinder waren, wie in solchen Fällen in der Zeitung zu lesen ist, mit dem Schrecken davongekommen.

Der Fahrer hatte zu Protokoll gegeben, daß die Autobahn Richtung Prenzlau voll war, oder wie es im Polizeideutsch heißt: Es gab ein hohes Verkehrsaufkommen. Kein Wunder: Es war Freitag, gegen 20 Uhr und Sommer – da drängten nicht nur die Berliner ins Umland. Die Blechschlange quälte sich im Schrittempo gen Norden, anfahren, halten, anfahren, halten, neudeutsch: stop and go. So ging es schon einige Zeit, bis eben an jenem Kilometer 8 auf der A 11, kurz vor der 300-Meter-Bake vor der Abfahrt Bernau, die Scheibe sprang. Peng und kaputt.

Nun hätte dieser ärgerliche Zwischenfall keine Folgen gehabt, wenn nicht vier Kinder gegenüber der Polizei angegeben hätten, sie hätten nicht nur die Scheibe platzen hören, sondern auch einen Lichtblitz gesehen.

Dadurch war mindestens der Verdacht der Sachbeschädigung gemäß § 303 StGB gegeben, dem nachgegangen werden mußte. Von Amts wegen wurden die Ermittlungen gegen Unbekannt aufgenommen.

Lichtblitz, Knall? Hatte da vielleicht jemand auf den Bus, gar auf den Fahrer geschossen?

Am nächsten Tag, dem Samstag, machte ich mich nach dem Frühstück auf zur Polizeidienststelle Bernau. In der Weißenseer Straße war der Bus abgestellt. Gemeinsam mit Kriminalkommissar Graetz, der mich in der Nacht gegen 23.45 Uhr – nach Rücksprache mit der Staatsanwältin Bargenda in Frankfurt – an den Ereignisort gerufen hatte, nahm ich mir den Reisebus vor. Die gesamte Tür war gesplittert, im oberen Teil fehlte ein Stück. Aber drinnen lag kaum ein Glaskrümel. Am äußersten rechten Rand im unteren Drittel gab es einen Punkt, von dem strahlenförmig einige Hauptrisse ausgingen.

Sonst war außen am Bus nichts Auffälliges zu entdecken.

Nach etwa einer halben Stunde hatte ich genug gesehen und fotografiert. Jetzt mußte ich an die Autobahn. Denn wenn, wie vermutet, auf den Bus geschossen worden war – etwa mit einer kleinkalibrigen Waffe, ein Luftgewehr hat kein Mündungsfeuer –, fand sich vielleicht in der Nähe eine Geschoßhülse.

Mit Graetz und einigen seiner Kollegen begannen wir am rechten Fahrbahnrand zu suchen. Wir sahen die Glaskrümel auf dem Asphalt liegen, doch ich fand an keinem einzigen irgendwelche Spuren, die auf eine Kollision mit einem Tier hindeuteten. Und auch kein Geschoß. Wir drängten uns durchs Unterholz und richteten die Blicke starr zu Boden. Nichts. Ich war der Überzeugung, daß allein der Ort – wenn es denn ein gezielter Anschlag war – ihn nicht zugelassen hätte. Da gab es weitaus »bessere« Plätze zum Schießen.

»Aber was ist dann mit der Lichterscheinung, die die Kinder gesehen haben wollen?« hielt mir Graetz entgegen, der mir die Skepsis an der Nasenspitze abzulesen schien.

Ich zuckte mit der Schulter. Es müsse doch nicht immer gleich geschossen und geballert werden, wenn eine Scheibe zu Bruch gehe, meinte ich. »Ich glaube, daß hier nichts durch die Luft geflogen ist.«

»Und wie erklären Sie sich den Blitz?« Graetz ließ nicht locker. Er ritt auf der Zeugenaussage herum.

»Ach«, winkte ich ab, »dem sollte man nicht so große Beachtung schenken. Vielleicht hat sich irgendwo Scheinwerferlicht gespiegelt – es war bereits nach 20 Uhr. Ich glaube auch nicht an den zeitlichen Zusammenhang. Das Interesse der Kinder richtete sich erst auf die Tür, als deren Scheibe platzte. Der Schuß – wenn es ihn denn gegeben hat – muß objektiv aber zuvor abgegeben worden sein. Das hätte kaum einer bemerkt.«

Graetz machte eine unbestimmte Handbewegung, die soviel bedeutete wie die Ablage dieser These im Papierkorb.

Trotzdem konnte er nicht verhindern, daß sie die Presse am Montag wieder hervorholte. Eine zersprungene Autoscheibe besaß keinen Nachrichtenwert – wohl aber ein Mordanschlag auf einen Busfahrer. Auch wenn dahinter ein Fragezeichen stand, war die Ungeheuerlichkeit in der Welt. Was, bei uns wurde an der Autobahn geschossen?

Die substanzlose Spekulation genügte, um die Phantasie anzuregen und Ängste zu wecken. Galt der Schuß vielleicht den Kindern? Kann man sie noch unbeaufsichtigt mit dem Bus fahren lassen? Wohin soll das noch führen?

Solche Fragen, in der Presse aufgeworfen, verunsichern die Leser schnell, sorgen für Aufregung und unnütze Spekulationen. Mancher Redakteur sollte seiner Phantasie Zügel anlegen. Wir lebten nicht nur ruhiger, sondern auch sicherer.

Ich nahm mir noch einmal die Scheibe vor. Einscheibensicherheitsglas hat nicht nur eine, sondern viele Achillesfersen. Die Spannungslinien enden an den Rändern, die rundgeschliffen und in einem Profilgummi straff eingepaßt sind. An den Rändern kann man schon mit einer normalen Stecknadel die ganze Scheibe zum Platzen bringen – wenn man mit der Spitze genau auf eine solche Spannungslinie trifft. Es genügte ein Sandkorn.

Ich vermutete darum, daß sich etwas im Gummi befunden haben mußte, was dort nicht hingehörte. Durch das fortgesetzte Anfahren und Stoppen »arbeitete« die Scheibe – bis eben jener kritische Punkt erreicht war, daß es krachte. Und zwar zuerst genau dort, wo die Sprünge strahlenförmig ihren Ausgang genommen hatten.

Aber wieso am Freitagabend und nicht schon früher? Der Bus mit dem Stern an der Frontseite rollte doch schon einige Jahre.

Ich rief in Wensickendorf beim Busunternehmer Joachim Schulz an. Er bestätigte meine Vermutung. Ja, sagte er, diese Scheibe sei erst vor rund vier Wochen gewechselt worden.

Damit war für mich alles geklärt. Mein Bericht fiel kurz aus. Das war ein Fall für die Versicherung, nicht für die Polizei. Das stellte nun auch die Presse klar.

Auch im nachfolgenden Fall ging es um einen vermeintlichen Mordanschlag und um ein Fahrzeug, einen Mercedes 280 SE vom Baujahr 1984. Sein Halter erstattete am 7. Februar 2002 in Schwerin auf der Polizeiwache Großer Dreesch Anzeige. Er glaubte, daß Unbekannte ihm den Benzinschlauch durchtrennt hätten, weil man ihm nach dem Leben trachtete.

Das Landeskriminalamt Mecklenburg-Vorpommern schickte mir den Benzinschlauch und bat mich zu untersuchen, was die Beschädigung verursacht haben könnte. Schließlich muß jeder Anzeige nachgegangen werden, und sei sie noch so abstrus.

Der Anzeige glaubte man vielleicht auch schon deshalb nachgehen zu müssen, da sich der Mecklenburger Bürger nicht zum ersten Male verfolgt wähnte. So habe er seit Dezember des Vorjahrs wiederholt anonyme Anrufe erhalten, in denen ihm und seiner Frau ein Autounfall angekündigt worden wäre für den Fall, daß er einerseits seine Bewerbung und andererseits seine Klage vor dem Verwaltungsgericht nicht zurückziehen würde.

Der solcherart Bedrohte gab als mögliche Ursache der fortgesetzten Nachstellungen zu Protokoll, daß er – zu 80 Prozent schwerbehindert, da u. a. Diabetiker – in der Verwaltung des Sozialministeriums arbeite. Obgleich gehbehindert, müsse er täglich zwischen zwei, drei dienstlichen Einsatzorten pendeln. Das heißt: Er sei auf sein Fahrzeug angewiesen. Im Juni des Vorjahres nun habe er sich beim Ministerium für Bildung, Wissenschaft und Kultur um die Stelle eines Referatsleiters beworben, die im Amtsblatt ausgeschrieben worden war.

Daraufhin hatte er – so der Verfolgte im polizeilichen Protokoll weiter – den Anruf eines »parteipolitisch äußerst einflußreichen Abteilungsleiters der Staatskanzlei« erhalten. Dieser habe ihm »eindringlich nahegelegt«, die Bewerbung zurückzuziehen, weil diese für Frau X. vorgesehen sei. (Im Protokoll stehen Roß und Reiter, aus Gründen des Datenschutzes verzichte ich hier auf ein Zitat.) Nach dieser »Empfehlung« habe er sich – per Einschreiben! – an das nämliche Ministerium gewandt und das »mir verfassungsrechtlich zustehende Recht auf Bewerberauswahlverfahrensanspruch« eingefordert. Er lieferte für arbeitsrechtlich wenig Bewanderte auch gleich die Erklärung nach, was damit gemeint ist: »Das heißt, die Behörde sollte mir innerhalb von drei Wochen zusichern, daß sie für den Fall der Nichtberücksichtigung meiner Bewerbung mir sämtliche auswahlerheblichen Umstände mitteilt und innerhalb einer Frist von zwei Wochen die Stelle nicht besetzt, damit ich gegebenfalls noch rechtzeitig eine gerichtliche Überprüfung beantragen kann.«

Diese Schreiben blieb unbeantwortet. Deshalb unternahm der Ignorierte die angekündigten juristischen Schritte. Im August legte er beim Verwaltungsgericht eine »beamtenrechtliche Konkurrentenklage und einen Eilantrag auf Erlaß einer Einstweiligen Anordnung« ein.

Ihm wurden in der Folgezeit »mehrere Verfügungen des Verwaltungsgerichts Schwerin zugestellt« – vermutlich meinte er die Kopien derselben, denn der Adressat seiner Klage war ja nicht er, sondern das Bildungsministerium.

Aber offenkundig muß es trotzdem von dort eine Reaktion gegeben haben, sonst hätte der Polizeibeamte nicht an anderer Stelle protokolliert: »Meine Bewerbung wurde inbesondere trotz der mir bescheinigten fachlichen Eignung mit der Begründung abgelehnt, ich sei aufgrund meiner erheblichen Schwerbehinderung ›persönlich ungeeignet‹.«

Nun mutmaßte der 51-jährige Anzeiger weiter, daß das Ministerium an der Bewerberin festhielt (die ihm von dem »parteipolitisch äußerst einflußreichen Abteilungsleiters der Staatskanzlei« telefonisch genannt worden war: der Leser wird sich hoffentlich noch erinnern), obgleich dem Verwaltungsgericht aus dem Ministerium mitgeteilt worden war, daß man »über keinerlei Personalunterlagen« der Frau X. verfüge.

Dann hatte es anonyme Anrufe und einen weiteren – am 23. Januar – gegeben, bei dem ein Richter des Verwaltungsgericht von ihm »gewisse Auflistungen mit sofortiger Wirkung« abgefordert habe. Der Richter hätte auch seinen Namen genannt, doch nachdem der Kläger über den Präsidenten des Verwaltungsgerichts Rücksprache mit ihm habe nehmen wollen, hätte dieser bestritten, ihn jemals telefonisch kontaktiert zu haben. Die Frau jenes Richters arbeitet übrigens – Sie werden es schon ahnen – im Bildungsministerium.

Neben den Telefonaten (»sowohl Dienstanschluß und einmal zu Hause – Datum kann ich nachreichen«) sei ein »umfangreicher anonymer Brief« beim Verwaltungsgericht eingegangen. Darin wurde »ich zwar nicht bedroht, aber es werden Hintergründe dargelegt, welche die politische Bedeutung« von Frau X »für die Landesregierung unterstreichen«.

Der vorläufige Höhepunkt trug sich am 6. Februar 2002 zu. Gegen 18 Uhr, nach Dienstschluß, sei er auf dem Parkplatz von zwei Unbekannten angegriffen worden. »Dann schlug mir die zweite Person zweimal in Boxermanier mit der Faust in das Gesicht. Die Schläge trafen mich im Bereich des rechten Auges. Ich spürte sofort sehr starke Schmerzen und war völlig schockiert.«

Auch wenn ich bis zu dieser Stelle nicht völlig ausschließen wollte, daß es sich hier um Mobbing handeln könnte – beim Weiterlesen verlor sich dieser Zweifel. Denn das ein wenig wirr Mitgeteilte war derart hanebüchen, daß es nur dem Hirn eines notorischen Querulanten entsprungen sein konnte. Und der wurde nicht von anonymen, finsteren Mächten verfolgt, sondern von seinen eigenen Minderwertigkeitskomplexen. Das war ein Fall für den Psychiater, nicht für die Polizei. Immer fühlten sich solche Menschen zurückgesetzt, übergangen und ausgegrenzt. Für ihre Umwelt stellten sie eine Belastung dar – verständlich, wenn sie auch vom Arbeitergeber nicht sonderlich gemocht wurden, sind sie doch kaum in ein Arbeitskollektiv zu integrieren. Mit ihrer Ehrpusseligkeit und ihrem übersteigerten egozentrischen Gerechtigkeitsempfinden waren sie der Schrecken jedes Chefs.

Denn was stand dort bei der Behandlung der Schlägerei auf dem Parkplatz vorm Amt Schwarz auf Weiß, was ihm angeblich mit der Faust ins Gesicht geschleudert worden sein sollte: »Schöne Grüße von … (hier stand der Name der angeblich ihm Vorgezogenen), deine Frechheiten läßt sich die SPD nicht mehr gefallen. Ziehe deinen Antrag beim Gericht zurück, und zwar ganz schnell!«

So dämlich dürften wohl kein »Schläger« sein, daß er auch noch den Namen seines vermeintlichen Auftraggebers ruft.

Für den »Angriff« gab es, natürlich, keine Zeugen. Wohl aber ein ärztliches Attest vom folgenden Tage. Ein Unfallchirurg diagnostizierte am rechten Auge eine »ca. 0,8 cm lange verschorfte Wunde« und nannte das »Schädelprellung mit Weichteilhämatom«. Die Röntgenaufnahme brachte »keinen sicheren Anhalt für eine frische knöcherne Verletzung«.

Bei solchen Geschichten erlebt man eine der Schattenseiten des Rechtsstaates. Wenn die Polizei eine Anzeige auf den Tisch bekommt, muß ihr nachgegangen werden – selbst wenn die Glaubwürdigkeit des Antragstellers aufgrund von höchst zweifelhaften Umständen in Frage zu stellen war.

Aber mußte ich darüber nachdenken? Mein Job bestand darin festzustellen, ob an der Benzinleitung manipuliert worden war. Der Kfz-Monteur, ein selbständiger Schlossermeister, war bereits als Zeuge vernommen worden. Er gab zu Protokoll, am 22. Januar den Benzinschlauch gewechselt zu haben, weil sein Besitzer »starken Kraftstoffgeruch festgestellt haben will«. Er selbst habe jedoch nur »einen geringen Schaden« bemerkt. Eine »Öffnung« sei nicht zu sehen gewesen, »der Schlauch wurde lediglich feucht«.

Auf die Nachfrage des vernehmenden Beamten, woher das seiner Meinung nach rühre, erklärte der Monteur: »Eine mögliche Fremdeinwirkung zur Verursachung dieses Schadens schließe ich aus. Am Schlauch konnte ich diesbezüglich keine Feststellungen treffen. Ich tippe eher auf eine Scheuerstelle oder Marderfraß. Eine andere Erklärung habe ich dafür nicht.«

Die sollte ich ja nun liefern. Zuvor jedoch las ich noch einmal die an Dramatik nur schwer zu übertreffende Darstellung des »Mordanschlags«, wie sie das Mordopfer der Polizei vorgetragen hatte. Sie offenbart die ganze Tragik eines offenkundig von Verfolgungswahn Getriebenen.

»Meiner Erinnerung nach muß es am 22. Januar 2002 gewesen sein. Gegen 7.30 Uhr fuhr meine Frau H., mit der ich oft gemeinsam nach Schwerin zur Arbeit fahre, unser Auto rückwärts aus dem Carport unseres Grundstückes hinaus. [...] Ich stand am Gartentor, um dieses danach zu verschließen. Unmittelbar nachdem meine Frau den Motor gestartet hatte, roch es extrem nach Benzin, und ich sah, wie unterhalb des Motorraumes Benzin hinuntertropfte. Das Fahrzeug befindet sich in einem technisch einwandfreien Zustand, wurde und wird regelmäßig nach Herstellervorschrift in Kfz-Meisterbetrieben gewartet. Letztmalig in der Woche vor Weihnachten wurde das Fahrzeug bei Herrn B. in Goldberg (eben jener Zeuge – K. I.) einer umfangreichen Inspektion für über 1.700 DM unterzogen. Wenige Monate zuvor wurde bei der Schweriner Mercedes-Niederlassung im Autodreieck insbesondere das Kraftstoffsystem überprüft und weitgehend erneuert, also Einspritzpumpe, Kraftstoffleitungen, Benzinfilter und die elektrische Kraftstoffpumpe.«

Allein diese ausschmückende Darstellung sagt viel über die Psyche unseres übergenauen und keineswegs bescheidenen Beamten. Polizeiprotokolle verraten mitunter mehr über die Verfaßtheit von »Opfern«, als sie Hinweise auf »Täter« liefern. Doch weiter im Text.

»Am Abend zuvor hatten meine Frau und ich in Schwerin das Auto vollgetankt. Wir sind unseren ca. 60 km weiten Heimweg absolut störungsfrei und ohne jeglichen Benzingeruch gefahren. Auch im Carport war kein Benzinfleck unter dem Auto. [...] Das Grundstück ist von einem 1,5 m hohen Zaun umgeben. Wir haben zwei große Mischlingshunde, die in der Nacht wegen dem Frost im Hause waren.

In der Nacht vor dem 22.1.2002 habe ich nichts Auffälliges

wahrgenommen. Am Morgen des 22.1.2002 setzten wir unter Zurückstellung von Bedenken unsere Fahrt in Richtung Schwerin bis zu der am nächsten gelegenen Kfz-Werkstatt fort. Meine Frau fuhr das Auto. Wir hatten große Angst und mußten bis Goldberg mehrmals anhalten, weil der Benzingeruch immer penetranter wurde und immer noch mehr Benzin aus dem Motorraum herausströmte. Zeitweilig hatten sich sogar Rauchwolken gebildet. Diese drangen aus den Lüftungsschlitzen vor der Windschutzscheibe. Benzin hatte sich auf dem heißen Ansaugkrümmer gesammelt und verdampfte dort. Wir fuhren dann die Kfz-Werkstatt B. in Goldberg an. Herr B. wechselte sofort einen etwa 5 cm langes Schlauchstück, welches offensichtlich von der Fahrzeugunterseite aus gesehen beschädigt war. Ob es ein Schnitt, ein Riß oder ein Stich war, konnte man so nicht feststellen.«

Nun wird sich jeder mit einigem technischen Verstand und in Kenntnis diverser Krimis fragen: Wenn man jemanden mit seinem Auto ins Jenseits befördern, also einen Unfall inszenieren will, manipuliert man entweder die Lenkung, die Bremsen oder die Räder. Eine angebohrte Benzinleitung bringt allenfalls den Motor zum Verstummen, nicht aber den Fahrer.

Doch das »Opfer« mutmaßte weiter: »Es steht fest, daß man von der Fahrzeugunterseite her dieses Schlauchstück jederzeit beschädigen kann« – auch wenn es dafür keine Anhaltspunkte gab, wie er selbst einräumte. »Gleichwohl bin ich seither sehr beunruhigt. Herr B. trat am darauffolgenden Tag eine Ägyptenreise an, so daß ich zwischenzeitlich nicht mehr mit ihm Rücksprache nehmen konnte. Er wird Ende dieser Woche aus dem Urlaub zurückkehren. Seitdem das Schlauchstück ausgewechselt wurde, ist die Benzinleitung völlig intakt, wird aber vor und nach jeder Fahrt von meiner Frau oder mir geprüft.«

Ob die Nachbarn etwas bemerkt haben könnten, wollte der Polizist noch abschließend wissen.

»Wir wohnen extrem abgelegen. Links und rechts von unserem Grundstück liegen große landwirtschaftlich genutzte Flächen.«

Nun lag das Stück Gummischlauch auf meinem Tisch, und ich hatte der Auffordung aus Schwerin nachzukommen, zu untersuchen, ob daran manipuliert worden war. »Wie ist die undichte Stelle in der Benzinleitung entstanden?« fragte das Kriminaltechnische Institut.

Die Beschädigung sah man mit bloßem Auge kaum. Nur das textile Gewebe der Ummantelung war an einer Stelle erkennbar aufgerieben und zerfasert – aber nicht zerschnitten.

Nach der Entfernung des Gewebes wurde die Beschädigung im Gummi sichtbar. »Es handelte sich um eine unregelmäßig geformte, nach innen sich verjüngende Ungänze mit einem Außendurchmesser von ca. 1,4 mm«, schrieb ich ins Gutachten. Obgleich sich überall des Muster des Gewebes im Gummi eingedrückt hatte, fehlte im Umfeld des Defektes dieses Muster: Der Gummi war glattgescheuert. Vom Rand des Defektes gingen Radialrisse aus.

Nach der materialkundlichen Begutachtung, zu der ich auch das Stereo- und das Rasterelektronenmikroskop benutzte, kam ich zu der Überzeugung:

»1. Die Beschädigung des Benzinschlauches ist nicht die Folge einer Handlung/Tat, die mit dem Ziel durchgeführt worden wäre, eine Benzinleckage herbeizuführen. Der Defekt wurde nicht durch ein Werkzeug verursacht. Es handelt sich weder um einen Schnitt noch um eine Bohrung.

2. Es gab keine Anzeichen für Materialfehler oder Herstellungsmängel des Schlauches.

3. Die Beschädigung ist nicht durch Nagetierfaß entstanden.

4. Die Beschädigung wurde durch das Eindrücken eines Gegenstandes ausgelöst. Durch diesen Körper wurde zunächst kein durchgängiger Kanal, sondern nur ein kegelähnlicher Eindruck verursacht, der etwa bis zur Hälfte der Schlauchwand reichte. Durch das Eindrücken in den Gummi in Verbindung mit Relativbewegungen (Scheuermerkmal) im Fahrzeugbetrieb bildeten sich sowohl Radialrisse in der Gummioberfläche als auch ein in die Tiefe verlaufender Längsriß, der schließlich einen Durchgang nach innen bildete. Es ist anzunehmen, daß der eingedrückte Gegenstand das entstandene Leck noch eine Zeitlang dichtgehalten hat.«

Die spannende Frage war natürlich, was das für »ein Körper« war, der diesen kegelähnlichen Eindruck hinterlassen hatte.

Ohne das Auto gesehen zu haben, war ich mir ziemlich sicher, daß es sich um einen hervorstehenden Teil des Chassis oder der Schlauchhalterung, eine Schraubenspitze oder Grat gehandelt haben mußte. Kurzum: keine Täter, allenfalls war der Benzinschlauch ungünstig verlegt oder befestigt worden.

Ich gehe davon aus, daß die Polizei nach meinem Gutachten in Schwerin die Akten des vermeintlichen Mordanschlags geschlossen hat.

Es gibt wahrlich Wichtigeres, als von Amts wegen die Geschäfte von wichtigtuerischen Amtsträgern zu besorgen.

»Nichtnatürlicher Tod« und andere Arbeitsunfälle

Die deutsche Amtssprache kreierte – Rechtschreibreform hin, Duden her – viele Wendungen, die im normalen Verkehr kaum gebraucht werden. Das meint nicht nur den Schraubenzieher, der seit Menschengedenken so genannt wird, obgleich der Amtsschimmel darauf besteht, von einem Schraubendreher zu sprechen. Gewiß, die Schraube wird nicht gezogen wie ein Zahn, sondern gedreht, insofern beschreibt die Behörden-Bezeichnung ziemlich korrekt die damit verrichtete Tätigkeit. Gleichwohl redet der Volksmund unverändert vom Schraubenzieher und nicht vom -dreher.

Nicht minder ungebräuchlich ist die Bezeichnung »nichtnatürlicher Tod«. Sie geht davon aus, daß der Mensch, wenn er denn von dieser Erde geht, dies auf natürliche Weise tut. Verläßt er uns vor der Zeit und unter merkwürdigen Umständen, heißt es im Amtsdeutsch »nichtnatürlicher Tod«. Nur: Wo liegt die Grenze zwischen natürlich und nichtnatürlich? (Im Protokoll heißt das übrigens »N.N. Tod«, und für den »unbekannten Täter« gibt es im Polizeideutsch das Kürzel U.T.) Der technicus terminus ist nicht in jedem Falle klar zu definieren, weshalb ein »natürlicher Tod« sich mitunter als Mord erweisen kann und eine Vergiftung mit Exitus doch nicht von dritter oder eigener Hand verursacht wurde.

Bei Unfällen gilt als wahrscheinlich, daß ein Mensch nicht unbedingt auf natürliche Weise zu Tode kam. Trotzdem ist wichtig zu erfahren, wer oder was ursächlich daran Schuld trug, daß jemand mitten aus dem Leben gerissen wurde. Das hat vor allem arbeitsrechtliche und versicherungstechnische Konsequenzen. Nicht unwichtig auch, ob Wiederholung möglich ist (und darum künftig verhindert werden sollte), und inwieweit der Tote selber Schuld an seinem Hinscheiden trug, oder ob er ein klassisches Opfer war. Denn neben dem Verlust eines Angehörigen leben anschließend die Angehörigen oft mit der selbstsuggerierten Schmach, daß der oder die Tote fahrlässig und nicht korrekt gehandelt hatte. Denn hätte er oder sie sich an alle Vorschriften gehalten, lebten er bzw. sie noch, heißt der unausgesprochene Vorwurf.

Ich werde als Gutachter mitunter zur Klärung von Arbeitsunfällen herangezogen, bei denen die Polizei im Auftrag der Staatsanwaltschaft ermittelt. Und eben Klarheit auch für die Hinterbliebenen bringt. Selbst wenn diese schmerzlich ist.

So beauftragte mich die Polizeidirektion Schwerin, bei der Ermittlung des nichtnatürlichen Todes von Mario M. behilflich zu sein. Der Fahrer eines nicht näher bezeichneten Großkippers war am 18. Oktober 2001 tödlich verunglückt. Der Unfall schien vergleichsweise kurios: M. hatte lehmhaltigen Bodenaushub, wie es im Protokoll hieß, in Krassow, einem Dorf in Mecklenburg-Vorpommern, rückwärts abladen wollen. Dabei kippte nicht nur die Ladefläche, sondern gleich das ganze Fahrzeug. Und zwar legte es sich auf die rechte Seite. Offenkundig passierte das derart rasch, daß der Fahrer Mario M. durch die Kabine stürzte und sich dabei lebensgefährlich verletzte.

Danach war der Kipper von der DEKRA untersucht worden. Die Kollegen stellten an zwei der drei Hinterachsen Federbrüche fest.

Nun wollte die Kriminalpolizeiinspektion FK 1.12 von mir wissen, ob die Blattfedern bereits vorher gebrochen waren, oder ob das erst beim Unfall geschehen sei. Und wenn der

Bruch älteren Datums war, ob man dies hätte zuvor feststellen können bzw. müssen.

Außer zwei Fotos, die die Unterseite des umgekippten LKW zeigten, und den beiden gebrochenen Blattfedern schickte man nichts mit. Selbstverständlich benötigte ich zur unmittelbaren Lösung dieser Aufgabe keine weiteren Daten. Aber nicht aus subjektiver Neugier interessiert mich bei jedem Fall das Umfeld, sondern zuweilen finden sich dort Antworten, die das vorgelegte Material allein nicht liefern kann.

Aber gut, ich hatte eine präzise umrissene Aufgabe, die sich im Labor beantworten ließ. Da mußte ich nicht wissen, ob die Straße, über die Mario M. mit seinem Kipper rumpelte, große oder keine Löcher aufwies, ob er nüchtern war oder übermüdet, ob er neu oder lange im Geschäft war (nicht einmal sein Alter war mitgeteilt worden), wie viele Kilometer das Fahrzeug bereits zurückgelegt hatte, oder ob es überladen war …

Aus den beiden Fotos konnte ich schließen, daß der Kipper sowohl eine mechanische – die Blattfedern – als auch eine pneumatische Federung besaß. Die Blattfedern waren zweilagig. Das »Auge« zeigte in Fahrtrichung und wurden vorn in einem Bolzengelenk fixiert. Das andere Ende der Blattfedern wurde vom Balg einer Luftfeder gestützt. Mir fiel allerdings auf, daß der eine Luftfederbalg eingedrückt schien – im Unterschied zu den anderen. Und weiter: Der Bruch an der hinteren Achse ging fast in deren Mitte glatt und senkrecht durch die Feder. Bei der mittleren Achse hingegen zog sich der Bruch in der Nähe zum Auge und schräg durch die Federblätter hindurch.

Die Blattfedern, die ich anschließend auf meinen Labortisch wuchtete, verrieten auf den ersten Blick zwei Dinge. Zum einen zeigten alle Stellen die Merkmale eines Gewaltbruchs – zum anderen schienen sie jüngsten Datums. Ich sah jedenfalls keine Hinweise auf Material- oder Herstellungsfehler.

Der Gewaltbruch rührte zweifellos von einer Überbeanspruchung her, die Durchtrennung der Blätter erfolgte in einem Zug. Und: Bei beiden fiel auf, daß die Brucheinleitung nicht mittig erfolgte, sondern nach innen verlagert war. Das deutete darauf hin, daß die normale Biegung der Blattfedern von einer Kraft von außen, d. h. von der Seite, überlagert worden war.

Die Bruchflächen der hinteren Feder zeigten die feinkörnige, unverformte und strähnige Struktur einer spröden Materialtrennung ohne jedes Anzeichen für eine Vorschädigung oder herstellungsbedingte Materialschwächung. Aus bestimmten Indizien schloß ich, daß der Sprödbruch in einem Bereich mit vergleichsweise massivem Querschnitt in ungewöhnlicher Reihenfolge – erst unteres, dann oberes Blatt – erfolgt war, was nur dadurch zu erklären war, daß die Feder schlagartig beansprucht worden war. Bei einem natürlich Kipp-Vorgang passierte das aber nicht.

So ließ sich denn vermuten, daß nicht die Brüche der Federn die Ursache für das Umstürzen des Kippers waren, sondern daß diese erst während des Umstürzens kaputtgingen. Dabei brach als erste die Blattfeder an der Hinterachse, dann die an der mittleren.

Ausgangspunkt für das ungewollte Umkippen des Fahrzeuges, darauf kam ich nach längerem Nachdenken und Betrachten der Bilder, konnte nur das plötzliche Versagen der hinteren rechten Luftfeder sein. Diese mußte plötzlich nachgegeben haben, wodurch das hintere Federpaket brach. Dadurch sackte die Ladefläche hinten rechts ab, das Fahrzeug geriet in eine kritische Schräglage.

Sodann verlagerte sich das Gewicht der Ladung, welches

nun nicht mehr von der hinteren Feder getragen wurde, auf die mittlere Feder, die dadurch übermäßig und zudem schräg belastet wurde. Jetzt brach auch sie. Und das ganze Fahrzeug kippte auf die Seite.

Das Versagen der Luftfeder ging ohne jeden Zweifel auf eine Beschädigung des pneumatischen Systems zurück. Vielleicht war eine Druckleitung geplatzt oder eine Verbindungsmuffe abgerissen, oder ein Ventil hatte seinen Dienst versagt. Denkbar war einiges.

Nun kannte ich jedoch einige Kipper-Typen und wußte, daß bei sehr vielen vor dem Abkippen der Ladung eine Druckentlastung durch Absenken der Luftfedern zu erfolgen hatte. Zumindest forderte das der Hersteller. Nicht minder Regel aber war auch, daß die Fahrer diese Vorschrift meist ignorierten. Das Ablassen der Luft kostete Zeit, die man nicht hatte. Der Arbeitsdruck war einfach zu groß.

Ich war mir darum fast sicher, daß Mario M. genau so verfahren war. Er hatte es unterlassen, die Luftfedern zu entlasten, um Zeit zu sparen. Das wurde ihm augenscheinlich zum Verhängnis. Doch mir fehlten die Fakten, die das eindeutig belegten. Deshalb mußte ich, was ich ungern tue, mein Gutachten mit dem vagen Schluß beenden: »Für bestimmte Fahrzeugtypen ist eine Druckentlastung durch Absenken der Luftfedern (Ablassen der Luft) vor dem Abkippen der Ladung herstellerseitig vorgeschrieben. Sollte dies für das verunfallte Fahrzeug zutreffen, hat der Fahrer den Unfall selbst verursacht.«

Damit war nicht zuletzt der Arbeitgeber aus der Verantwortung. Die Frage, ob es zeitlichen Druck und andere Formen von Streß gab, blieb unerörtert. Die Schuldfrage war individualisiert und folglich reif für die Ablage.

Nach dem gleichen Prinzip gedachten die Zuständigen bei

einem anderen Arbeitsunfall zu verfahren. Zwar hatte es keinen Toten gegeben, doch der Betroffene forderte die ihm zustehende Rente, welche man ihm nach dem Prinzip »selber schuld« verweigern wollte.

Am 9. September 1994 ging der Berliner Dirk Andrae zu einer Ärztin, weil er Schmerzen im linken Auge verspürte. Er vermutete, daß diese auf den Staub zurückzuführen waren, den er zwei Tage zuvor ins Auge bekommen hatte. Unterwegs mit dem Fahrrad, hatte ihn ein LKW mit Staubfahne überholt. Davon hatte er einen Schwall abbekommen und sich in der Folgezeit den Schmutz aus den Augen zu reiben begonnen.

Die Ärztin stellte eine tiefe Hornhautwunde bei massiver Augapfelreizung fest. Und sie schrieb den Patienten für drei Wochen krank – bis zum 25. September.

Da Andrae aber bereits seit dem 25. August (bis einschließlich 25. September) aus einem anderen Grunde krankgeschrieben war, notierte der Arbeitgeber – eine Firma für Holz- und Innenausbau, bei der Andrae als Schalungsmonteur beschäftigt war – den 28. September 1994 als Ereignistag. Über den Grund kann man allenfalls spekulieren.

Andrae kehrte nach Ablauf der Krankschreibung an seinen Arbeitsplatz zurück, obgleich der Schmerz nicht nachgelassen hatte. Schließlich suchte er am 1. November eine andere Augenärztin auf, die ihn zum Röntgen ins Krankenhaus Friedrichshain schickte. Dabei stellte man am 17. November einen Metalldraht in seinem Auge fest. Dieser wurde schon eine Woche später in der Charité operativ entfernt.

Der Operateur diagnostizierte eine irreversible Schädigung der Netzhaut durch Siderosis retinae, also Verrostung – eine toxische Reaktion durch freigesetzte Eisenionen. Der 10,8 Millimeter lange Draht, der entfernt worden war, mußte nach

Ansicht des Arztes mit hoher Geschwindigkeit gleichsam ins Auge geschossen sein und dort schon geraume Zeit gesteckt haben, ohne Schmerzen zu verursachen. Er vermutete ferner, daß der Draht von einer schnell rotierenden Drahtbürste stammen könnte.

Andrae erinnerte sich, daß er seinerzeit, vor der Krankschreibung im August, mit einer rotierenden Topfdrahtbürste Schalungselemente gesäubert hatte. Er hatte wie immer Bretter von Betonresten befreit. Da gehe schon mal »was ins Auge«, meinte er, doch das spüle man sich nach der Schicht mit Wasser aus und fertig sei die Laube.

In Kenntnis des Befundes und des kausalen Zusammenhanges meldete er also logischerweise bei den zuständigen Stellen postum seinen Arbeitsunfall an. Denn es lag auf der Hand, daß es sich um einen solchen handelte. Daß er erst jetzt festgestellt worden war, konte man ihm nicht vorwerfen. Es war eindeutig dem Umstand geschuldet, daß Andrae beim Stattfinden keine Schmerzen verspürte. Erst als er Wochen später wegen des Straßenstaubes sein Auge zu reiben begann, machte sich der Fremdkörper bemerkbar.

Die Holz-Berufsgenossenschaft weigerte sich jedoch hartnäckig, den Arbeitsunfall anzuerkennen. Deshalb reichte Dirk Andrae beim Landessozialgericht Klage ein.

Es gingen fast fünf Jahre ins Land, ehe der Fall vor dem 2. Senat verhandelt wurde und ich von diesem mit der Erarbeitung eines Gutachtens beauftragt wurde. Das jedoch erwies sich als nahezu unmöglich, denn zwischenzeitlich war die Augenklinik, in der 1994 der operative Eingriff vorgenommen worden war, umgezogen. Dabei war der Draht verschwunden. Neben den Akten gab es aber auch noch die Videoaufzeichnung von der Operation, die üblicherweise angefertigt werden.

Der Oberarzt – ein unzufriedener, karrieregeknickter Ost-Professor – tat sich schwer, mir das Video zu zeigen oder gar auszuhändigen, und obgleich ich diverse Papiere einschließlich der Zustimmung des Patienten vorwies, blieb er abweisend. Erst als ich ihm 300 DM in Aussicht stellte, mit der seine Mühe für das Heraussuchen des Bandes honoriert werden sollte, stimmte der Halbgott in Weiß zu.

Ich lieh mir einen ziemlich teuren Videorecorder und zog mit diesem und einer Praktikantin in die Klinik, um mir das Band anzuschauen und einige Bilder zu ziehen, auf denen der Draht sichtbar war.

Das Gericht schickte mir mit den Akten drei Topfbürsten, zwei unterschiedlich lange gebrauchte und eine neue in Originalverpackung.

Laut Aufforderung des Sozialgerichts sollte ich folgende Fragen beantworten:

»Ist mit A) an Sicherheit grenzender Wahrscheinlichkeit (im Sinne eines Beweises) oder

B) mit hinreichender Wahrscheinlichkeit (d. h. spricht mehr dafür als dagegen) davon auszugehen, daß der auf den Videobildern sichtbare Fremdkörper, der dem Kläger am 24. November 1994 aus dem Auge entfernt wurde, von einer Topfdrahtbürste stammt, wie sie der Kläger eingereicht hat, oder

C) besteht lediglich die Möglichkeit (d. h. eine Wahrscheinlichkeit von 50 % oder weniger), oder

D) ist sogar auszuschließen, daß der Fremdkörper von einer solchen Topfdrahtbürste stammt?«

Angesichts der Ausgangslage schienen mir diese Fragen reichlich akademisch und nur schwer zu klären. Doch genau dies ließ ihre Beantwortung reizvoll erscheinen: Es war eine Herausforderung, die Herkunft eines nicht mehr existenten Drahtstückes mit »an Sicherheit grenzender« oder »hinreichender Wahrscheinlichkeit« zu beweisen.

Bei den in Rede stehenden Topfbürsten handelte es sich um rotierende Werkzeuge, die mit einem Gewinde auf schnellaufenden Antriebsmotoren befestigt werden. Auf einen kreisrunden Grundkörper von 66 Millimeter sind zu Zöpfen geflochtene Strahldrähte ringförmig eingepreßt. Die Drähte, etwa einen halben Millimeter stark, sind aus einem sogenannten Schnellarbeitsstahl (HSS). Er ist sehr hart, aber nicht rostbeständig. Diese Bürste rotiert nun bis zu 2.000 Umdrehungen pro Minute, dabei werden natürlich die Zöpfe verschlissen. Wenn die Bodenplatte erreicht ist, wird gewechselt.

Ich untersuchte zunächst die einzelnen Bürsten und Drähte unter dem Mikroskop. Aus zehn Messungen bestimmte ich den Mittelwert der mit Okularschraubenmikrometer festgestellten Dicke des verwandten Drahtes, um einen Vergleich zu haben mit dem operativ entfernten Stück. Diesen hatte ich mit Hilfe der digitalisierten Videoaufnahmen am Computer vermessen.

Neben der Beschreibung von optisch feststellbaren Unterschieden bei den drei verschiedenen Bürsten, die auf den unterschiedlichen Grad der Benutzung zurückgingen, machte ich auch auf die Übereinstimmung aufmerksam. »Mit hinreichender Wahrscheinlichkeit ist davon auszugehen, daß der in der Videosequenz der Augenoperation am 24.11.94 im Auge des Klägers sichtbare metallische Fremdkörper ein Stahldraht ist, der von einer relativ neuen, wenig benutzten, rotierenden Topfbürste stammt«, schlußfolgerte ich in meinem Gutachten.

Um den Zeitpunkt des Eindringens des Stahldrahtes in das Auge von Dirk Andrae annähernd zu bestimmen, müsse man aber einen Korrosionsversuch durchführen. Dazu müsse man

Drahtproben einer neuen Bürste in eine physiologische Elektrolytlösung einlegen, die der Augenflüssigkeit entspräche, regte ich an. So könne man experimentell den Zeitraum bestimmen, die der Drahtwerkstoff brauche, um sich mit einer geschlossenen Rostschicht zu überziehen, wie das bei dem operativ entfernten Draht der Fall gewesen war.

Das schien dem Sozialgericht jedoch unerheblich. Für den Richter war lediglich von Belang, ob der Draht von einer Brüste stammte, die der Arbeitgeber des Kläger einsetzte, oder nicht. Deshalb bat er mich bereits neun Tage nach Abgabe meines Gutachtens »um eine kurze Ergänzung bzw. Klarstellung«.

Ich hätte in meinem Gutachten davon gesprochen, es sei »mit hinreichender Wahrscheinlichkeit« davon auszugehen, daß der in der Videosequenz der Augenoperation sichtbare metallische Fremdkörper von einer relativ neuen Bürste stamme. Damit er jedoch klar urteilen könne, solle ich alle Zweifel daran ausschließen, wie die von mir gewählte Formulierung zu verstehen sei. »Ist mit A) an Sicherheit grenzender Wahrscheinlichkeit (im Sinne eines Beweises) oder B) mit hinreichender Wahrscheinlichkeit (d. h. spricht mehr dafür als dagegen) davon auszugehen, daß der auf den Videobildern sichtbare Fremdkörper, der dem Kläger am 24. November 1994 aus dem Auge entfernt wurde, von einer Topfdrahtbürste stammt, wie sie der Kläger eingereicht hat?«

Ich verstand das Insistieren des Richters durchaus. Gleichwohl forderte er von mir eine verbindliche Erklärung, die ich allenfalls abgeben konnte, wenn mir das Drahtstück aus dem Auge auch physisch vorgelegen hätte. Das aber war nicht der Fall – was allen Beteiligten bekannt war. Insofern verlangte der Richter von mir Unmögliches. Man konnte es auch anders formulieren: Er delegierte die Entscheidung, die zu fällen eigentlich er aufgerufen war, an meine Adresse. Es war wie in der großen Politik, nur umgekehrt: Aus Feigheit vor Entscheidungen gingen die Regierenden lieber nach Karlsruhe als vor die Wähler, um sich hinter einem Urteil des Bundesverfassungsgerichtes verstecken zu können.

Ich antwortete dennoch verbindlich. Ich sei »zu der Überzeugung gelangt, daß der in der Videosequenz der Augenoperation sichtbare metallische Fremkörper mit sehr hoher Wahrscheinlichkeit (≥ 95 %) ein Stahldraht ist, der von einer rotierenden Topfbürste stammt. Aufgrund der morphologischen und fotometrischen Vergleiche konnte sogar eine der drei eingereichten Bürsten der videotechnischen Aufzeichnung zugeordnet werden.«

Trotzdem habe ich mich in meinem schriftlichen Gutachten nicht zu der Formulierung »mit an Sicherheit grenzender Wahrscheinlichkeit« (≥ 99 %) entschließen können, da mir zu einer vergleichenden Begutachtung der Fremdkörper nicht gegenständlich zur Verfügung stand, ließ ich den Richter wissen. Deshalb habe ich mich für die Antwort B (»hinreichende Wahrscheinlichkeit«) im Gutachten entschieden. »Neuerlich vor die Aufgabe gestellt, sich zwischen den Antworten A (an Sicherheit grenzend) und B (hinreichend) zu entscheiden, fällt aufgrund ihrer Dominanz zugunsten der Antwort A aus.«

Damit war der Weg für ein Urteil im Sinne des Klägers frei. Auch wenn sein Auge bis zum Ende seiner Tage geschädigt blieb, war ihm zumindest Gerechtigkeit zuteil geworden.

Nach mehr als fünf Jahren.

Allerdings sollte mich der Vorgang noch weiter beschäftigen. Unfreiwillig und mit zunehmendem Ärger. Und da dies nicht ganz untypisch ist für die Haltung offizieller Institutionen hierzulande, die mit Steuergeldern finanziert werden und deren oft arrogante Vertreter meinen, die Mitbürger Moral lehren zu müssen, soll der Unmut auch öffentlich gemacht werden.

Am 29. November, fünfzehn Wochen nach ordnungsgemäßer Erledigung der von mir abgeforderten Arbeit, erlaubte ich mir schriftlich beim Landessozialgericht Berlin höflich die Begleichung meiner Rechnung in Höhe von DM 3.102,88 vorzunehmen.

Zehn Tage nach dieser Erinnerung stellte man mir auf zwei Seiten Fragen zu meiner Rechnung (wenn diese Unklarheit der Grund gewesen war, bis dato die Zahlung nicht vorzunehmen, stellte sich die Frage, weshalb die Monita durch das Amt nicht nach Rechnungseingang formuliert und mir ins Haus geschickt worden war, sondern erst nach meiner Erkundigung, wo denn das Geld bliebe).

Die vorgebrachten Einwände kreisten im wesentlichen um die Beschäftigung einer Hilfskraft, nämlich jener Praktikantin. Dazu hatte man auch Urteile des Oberlandesgerichts Düsseldorf und des Landgerichts in Bonn als Belege herangezogen, was gewisse Rückschlüsse auf die Denkungsart und Herkunft des unterzeichnenden Mitarbeiters der »Festsetzungsstelle für Sachverständigenentschädigung der Sozialgerichtsbarkeit Berlin« gestattete. »Bitte nehmen Sie kurzfristig Stellung und überdenken Sie gegebenenfalls die Kostensätze Ihres Entschädigungsantrags (Rechnung) vom 18.8.99. Mit freundlichen Grüßen ...«

Das war mir denn doch ein wenig zu blöd, und ich legte förmlich am 24. Januar 2000 bei der Präsidentin des Landessozialgerichts Beschwerde ein. Und zwar weil erstens die Rechnung noch nicht beglichen war und zweitens, weil »mir unterstellt wird, nicht erbrachte Aufwendungen abgerechnet zu haben. Es ist leider so, daß Sachverständige, ohne die die moderne Gerichtsbarkeit kaum auskommt, keinen Anspruch darauf haben, für ihre Leistungen gebührend honoriert, sondern lediglich entschädigt zu werden [...] Meine Hilfskräfte habe ich bereits vor fünf Monaten unmittelbar nach Erbringung der Leistung – so wie sich das gehört – honoriert und die Leihgebühren für ein benötigtes Spezialgerät an meinen Vertragspartner entrichtet. Auch wurde meine Rechnung in 1999 steuerlich veranlagt.«

Die Präsidentin ließ mich wissen, daß meine Beschwerde rechtlich ein Antrag auf richterliche Festsetzung für eine Entschädigung nach § 16 des Gesetzes über die Entschädigung von Zeugen und Sachverständigen darstelle und darum an den hierfür zuständigen Senat des Landessozialgerichts weitergeleitet werde.

Auch das war typisch für dieses Land: auf konkrete Fragen wird nicht eingegangen, man versteckt sich hinter Formalien und delegiert das Problem auf einen anderen Tisch.

In Schriftwechseln und Auseinandersetzungen wie diesen erlebt man den Beamtenstaat in seiner reinsten Form.

Weitere vier Wochen gingen ins Land, ehe mir vom Bezirksrevisor die Gnade einer Auskunft zuteil wurde.

Der zuständige Justizamtmann hatte kein Geld, dafür Fragen.

»a) bezüglich Nr. 1.2.1: Wer war die Hilfskraft, und welche Tätigkeiten hat sie ausgeführt?
b) bezüglich Nr. 2.2.1: Wer war die Hilfskraft, und welche Tätigkeiten hat sie ausgeführt?
c) Welches waren die speziellen Hilfsmittel, die angewendet wurden?«

Ich solle die Fragen beantworten »und falls möglich Kopien der durch Sie bezahlten Rechnungen (hinsichtlich der Hilfskräfte und Gerätschaften) hier einreichen.«

Am 8. März 2000 beantwortete ich alle Fragen.

Zwei Tage später teilte der Bezirksrevisor dem Landessozialgericht und mir per Kopie mit, daß ich »die offenen Fragen im wesentlichen beantwortet« habe. »M. E. kann der Herr Sachverständige nunmehr antragsgemäß entschädigt werden«.

Insbesondere das Wort »nunmehr« stimmte mich wütend, denn ich hatte keinen anderen Sachverhalt mitgeteilt als in meiner Rechnung vor über einem halben Jahr. Ich hatte den Quark wunschgemäß einmal umgerührt und dem Amtsschimmel vorgesetzt.

Am 26. Mai war die Rechnung noch immer nicht beglichen, was ich neuerlich beim Landessozialgericht in Berlin anmahnte.

Nach fast einem Jahr, im Sommer 2000, und auf Intervention meiner Kammer, der IHK Frankfurt/Oder ging das Geld ein, und ich konnte endlich die Akten dieses Falles schließen.

Seit dem 1. Juli 2004 gilt übrigens das »Gesetz über die Vergütung von Sachverständigen, Dolmetscherinnen, Dolmetschern, Übersetzerinnen und Übersetzern sowie die Entschädigung von ehrenamtlichen Richterinnen, ehrenamtlichen Richter, Zeuginnen, Zeugen und Dritten (Justizvergütungs- und -entschädigungsgesetz – JVEG«). Mal abgesehen davon, daß die Sachverständiginnen vergessen wurden, haben wir nun eine bessere Basis zum Agieren auch im Falle säumiger Zahler.

Erneut mit einem LKW und einem Arbeitsunfall bekam ich es im Spätsommer 1998 zu tun. Das Polizeipräsidium Eberswalde rief mich am 23. September gegen 14 Uhr an. Kriminalhauptkommissar Simon lud mich zu einem Lokaltermin ein, der am nächsten Morgen 9 Uhr in Lüdersdorf stattfinden sollte. Auf dem dortigen Gelände der Firma M+N Tief- und Landschaftsbau war ein Mensch unter einer Betonplatte begraben worden. Auf dem Firmengelände sollten die alten Platten, welche aus dem benachbarten Oderberg stammten, zwischengelagert werden, ehe sie zerschreddert wurden. Mit einem Autodrehkran hatten die Arbeiter Klobe, Kath und Dolase bereits drei Platten von einem Tieflader abgeladen und flach auf dem Boden gestapelt, als die vierte und letzte Platte beim Abheben unvermittelt abstürzte und einen zufällig Dabeistehenden erschlug. Dieser Peter Kadur war weder bei der Firma angestellt noch hatte er dort etwas zu suchen. Er war arbeitslos und zum Hausmeister umgeschult worden und fragte nun ab und an im Betrieb nach Arbeit. So auch an jenem Tag – zwei Tage nach seinem 40. Geburtstag.

Die hinter dem LKW stehenden Arbeiter und der Kranführer hatten ihn nicht gesehen und waren darum völlig konsterniert, als sie den mit einem blauen Arbeitsanzug bekleideten Kadur entdeckten. Kath gab später zu Protokoll, die Platte habe ihn »genau im Genick« getroffen. Sie hätten dann zu dritt mit einer Kette die Platte angehoben, Kadur hervorgezogen und auf den Rücken gelegt. Aus seiner Nase lief etwas Blut, er hatte die Augen offen, doch reagierte nicht. Die herbeigerufene Ärztin konnte 13.30 Uhr nur noch den Totenschein ausfüllen. Da in der Rubrik »Todesart« ein Kreuz in der Rubrik »nichtnatürlicher Tod« gemacht werden mußte, kam das Papier folgerichtig zur Polizei.

Das zuständige Dezernat Kriminalitätsbekämpfung im Schutzbereich I des Polizeipräsidiums Eberswalde formulierte automatisch Strafanzeige. Wegen fahrlässiger Köperverletzung mit Todesfolge wurde gemäß § 222 StGB von Amts wegen gegen den Kranführer Wilfried Klohe ermittelt. Das passierte bereits anderthalb Stunden nach Ausstellung des Totenscheins. So zügig sind in diesem Bereich die Abläufe.

Ich fuhr am Morgen zum Unfallort. Bis Eberswalde nahm ich die Autobahn. Nachdem ich die Stadt passiert hatte, ging es weiter Richtung Oderberg. Hinter Oderberg mußte ich nach Parstein. Dort, in der Dorfmitte, gab es einen Abzweig nach LüdersdorfLunow. Nach drei Kilometern war Lüdersdorf erreicht. Am Ortsende war der Betrieb, wo sich alles zugetragen hatte. Simons Wegbeschreibung war wie immer präzise gewesen.

Am Platz hatte man nichts verändert. Der Kran war noch ausgefahren, die Kette hing zu Boden.

Bei den Platten handelte es sich um wärmegedämmte Beton-Außenwandplatten, wie sie im Wohnungs- und Industriebau der DDR millionenfach verwandt worden waren: etwas über drei Meter hoch, 1,78 Meter breit, 28 Zentimeter dick und 2,4 Tonnen schwer. Die Außenseite war mit Waschkiesel beschichtet.

Jede Platte besaß Transportösen. Das waren Schlaufen, die zur inneren Stahlbewehrung gehörten und aus dem Beton herausgeführt wurden. Mir war bisher noch nie zu Ohren gekommen, daß diese jemals ausgerissen wären. Hier aber war es geschehen. Nacheinander, so erzählten die Beteiligten, wären sie gerissen. So sei die Platte zu Boden gestürzt und erschlug den Mann.

Ich betrachtete die Ösen der drei abgelegten Platten sehr aufmerksam und fotografierte sie. Beim Nachmessen stelle ich nicht nur fest, daß die Stahlschlaufen in unterschiedlicher Länge aus dem Beton ragten. Sie wiesen auch Unterschiede in der Stahlstärke auf – 12 mm bei den abgelegten und 10 mm bei den abgerissenen Ösen.

Das aber allein konnte nicht der Grund gewesen sein, weshalb sie ihren Dienst versagt hatten.

Ich schaute mich auf dem Gelände um. An etlichen Stellen sah ich weitere Platte herumstehen. Dabei fiel mir auf, daß die meisten stehend gelagert wurden, die Ösen befanden sich folgerichtig oben. So wurden sie von den sogenannten A-Gestellen auf den Tiefladern heruntergehoben und abgesetzt.

Wenn die Platten jedoch flach abgelegt worden waren, knickten die Ösen – sie standen fast in einem Winkel von 90 Grad zur früheren Stellung. Klarer Fall: Hob man sie aus liegender Position mit dem Kran an und setzte sie wieder aufrecht hin, bog sich unter dem Gewicht der Platte die Schlaufe wieder zurück. Und beim Aufladen war das auch schon einmal geschehen. Der Stahl »arbeitete« aber nicht nur auf diese Weise: Der Dämmstoff, aus dem die Ösen ragten, war in den verflossenen zehn Jahren, so alt nämlich waren diese Platten bereits, zu einem Nährboden für Moos geworden, das das Regenwasser speicherte. Dieses wiederum führte erkennbar zur Korrosion der Stahlschlaufen. Ich kratzte herum und stellte fest, daß an einigen der Materialverlust bis zu 4 mm reichte.

Im Labor bestätigte sich meine Vermutung. Die gerissenen Ösen, vom Zahn der Zeit benagt, waren nur noch acht bis neun Millimeter dick.

Ich fuhr mit den Ösenstahl ins Qualitätsprüflabor des Walzwerkes Finow, um damit Zugversuche, also einen Zerreißtest, vornehmen zu lassen. Die Untersuchungen belegten, daß sich der Stahl unter der Belastung völlig normal verhielt. Zugfestigkeit wie auch elastische Dehnung (Streckgrenze) bewegten sich im grünen Bereich, waren also ausreichend.

Auch die in meinem eigenen Labor vorgenommenen metallographischen Untersuchungen des Mikrogefüges zeigten keine Abweichungen von der Norm. Mithin: Trotz Rost und Verwitterung erfüllten die Stahlschlaufen ihre Aufgabe. Das

Problem mußte der Biegevorgang beim falschen Auf- und Abladen der Platten gewesen sein. Darauf zielten ja auch die Fragen, die mir Kriminalhauptkommissar Simon gestellt hatte:

»1. Ist das Abreißen der Anschlagösen auf objektive Umstände zurückzuführen?
1.1 Liegt dem Ereignis eine zu geringe Materialfestigkeit zugrunde?
1.2 Wurde das Ereignis durch innere Materialfehler hervorgerufen?
1.3 Trat das Ereignis durch Schwächung des tragenden Querschnitts ein?
2. Wurde das Abreißen der Anschlagösen subjektiv verursacht?
2.1 Wurden die Ösen falsch angeschlagen?
2.2 Gibt es eine transportbedingte Ereignisursache?«

Üblicherweise reißen Ösen, wenn sie denn reißen, in der Mitte der Schlaufe und nicht, wie hier geschehen, an anderer Stelle. Und schließlich: Es gab einen Widerspruch zwischen der ermittelten Festigkeit in Finow und dem tatsächlichen Verhalten der Stahlösen. Angesichts der gemessenen Werte hätten sie nicht reißen dürfen.

Am Computer entwickelte ich ein Modell. Mit dessen Hilfe errechnete ich, daß bei einer normalen Hebung der Stahl mit 9,5 Kilopond je Quadratmillimeter belastet wird. Die in Finow ermittelte Streckgrenze lag bei rund 31 kp/mm2, die Zugfestigkeit bei 43 kp/mm2, mithin bestätigte die Theorie eben diesen Widerspruch.

Nun hatte ich jedoch festgestellt, daß durch das unsachgemäße Auf- und Abladen ein weiteres Moment hinzugekommen war: die Biegung der Öse. Dadurch veränderte sich die Kräfte- und Spannungsverteilung. Der Computer errechnete mir, daß man zusammen mit Biegekraft und Zug nunmehr auf eine Belastung von 76,8 kp/mm2 kam.

Da das Plattengewicht jedoch beim Aufrichten der Platte mindestes zur Hälfte noch auf dem Tieflader ruhte, passierte nichts. Jede Öse wurde mit 38,4 kp/mm2 mechanisch belastet (wir erinnern uns: Die Reißgrenze lag bei 43 kp/mm2). Aber die Ösen waren inzwischen plastisch verformt, also vorgeschädigt.

In dem Moment, als die Platte über die Wagenkante gezogen wurde, erhöhte sich, wie der Computer errechnete, der Zug auf 42,6 kp/mm2 – damit war bereits das Maximum erreicht, was dieser Stahl leisten konnte. Kam jetzt eine ungleiche Lastenverteilung bzw. ruckartige Beanspruchung hinzu, mußte der Ösenstahl reißen. Die zu großen Teilen mathematisch errechnete Lösung ließ mich zu folgendem Schluß kommen:

»1. Das Ereignis wurde durch folgende objektive Umstände begünstigt:

– Schwächung des tragenden Querschnitts der Anschlagösen durch Korrosion

– Bewehrung der Ereignisplatte mit Bewehrungsstahl von 10 mm Durchmesser gegenüber 12 mm bei anderen Platten.

Die Materialfestigkeit und -zähigkeit lag deutlich über den geforderten Mindestwerten. Materialfehler sind als Ereignisursache auszuschließen.

2. Der Abriß wurde in der Hauptsache durch das transportbedingte Umbiegen der Anschlagösen verursacht. Dieses Umbiegen erfolgte möglicherweise mehrfach im Verlauf der Be- und Entladearbeiten.

Das Anschlagen der Trageösen an den Kran mittels Kettengehänge ist ein normaler Vorgang. Außenwandplatten sind jedoch für einen waagerechten Transport nicht vorgesehen. Dies ergibt sich aus der Zielstellung gemäß Einsatzzweck, die Platten beschädigungsfrei zur Baustelle zu transportieren und dort senkrecht zu montieren. Die Ösen sind montagegerecht angebracht und nur für einen senkrechten Transport ausreichend dimensioniert.«

Ohne die drei Arbeiter explizit als ursächlich Schuldige benannt zu haben, wurde das aus dieser Darstellung deutlich.

Auf der anderen Seite sah ich wenig Grund, sie für den in jeder Hinsicht tragischen Unfall haftbar zu machen. Daß die Platten unsachgemäß transportiert und verladen wurden, war ihnen wohl kaum vorzuwerfen. Und auch jene, die den Transport veranlaßt hatten, handelten unwissend und damit reinen Herzens.

Hinterher waren alle klüger.

Doch da war Peter Kadur bereits tot.

Tod in der Trafo-Station

Man hatte mir alle Kleidungsstücke einschließlich der durchgebrannten Lederhandschuhe zugestellt, weil die Kollegen der Polizeidirektion im sächsischen Torgau der Auffassung waren, daß ich sie für mein Gutachten benötigte. Bei der ersten Untersuchung daheim fand ich ein Glied vom kleinen Finger des Toten. Das schockte mich denn doch. Leichenteile gehörten in die Gerichtsmedizin und nicht in mein materialtechnisches Labor. Offenkundig war beim Ausziehen des Arbeitshandschuhs der Fingerknochen abgegangen, ohne daß es bemerkt worden war. Das sprach nicht unbedingt für die Sorgfalt der Beamten, die mit der Bergung der Leiche befaßt gewesen waren. Ich gab den Fingerknochen an die Polizei zurück, damit sie diesen an die Gerichtsmedizin in Leipzig weiterreichte.

Bernd Lochert war von Beruf Elektriker, Jahrgang 1959 und folglich noch keine 45, als am 24. Januar 2004, kurz nach 16 Uhr, 20.000 Volt durch seinen Körper fuhren und ihn, wie jeder vom Fach wußte, innerlich »zerkochten«.

Ich wurde anderentags telefonisch von Kriminalkommissar Holger Weber vom Dezernat I (»Höchstpersönliche Rechtsgüter«) ins Bild gesetzt und gebeten, mich am 26. Januar zu einem Lokaltermin einzufinden. Der Ereignisort war eine Trafo-Station auf dem Betriebsgelände einer Getreide AG in Oschatz. Bis zum Ende der DDR hatte sich dort ein Volkseigener Erfassungs- und Aufkaufbetrieb befunden, weshalb man nach wie vor von der Trafostation VEAB sprach und schrieb.

Ich machte mich mit meinem rollenden Labor auf den Weg.

Es war ein klarer Wintertag, die Temperatur mochte vielleicht bei fünf Grad unter Null liegen, der Schnee glitzerte auf den Feldern. Am Ort erwartete mich bereits eine Personengruppe: Kollegen von der Kriminalpolizei, Vertreter der Betreiberfirma envia, der Berufsgenossenschaft sowie des Gewerbeaufsichtsamtes. Schließlich kam noch der Lokalreporter, der darum bat, ein Bild von der Trafo-Station machen zu dürfen. Das wurde ihm gestattet.

Kriminalkommissar Weber entfernte das Siegel an der Tür und schloß auf. Ich unterdrückte meinen Zorn, der bereits in mir loderte, als ich sah, wie alle Spuren im Schnee zertrampelt worden warem, Blutflecken inklusive. Und von dem Toten, dessen Körper halb aus der Tür ragte, als man ihn fand, hatte man lediglich ein einziges Polaroid-Foto gemacht. Ich verstand ja, daß auch die Polizei sparen mußte, aber wie stets geschah das an der falschen Stelle. Und nicht selten entstehen dann in der Folge weiterer Arbeitsaufwand und Mehrkosten.

Links und rechts gingen von einem schmalen, kurzen Gang einige vergitterteTüren ab, hinter denen die Kontaktschalter an den Wänden saßen. Der Unfall, so hieß es, habe sich in der linken vorderen Zelle ereignet. Auch diese Tür war geschlossen. Davor lagen eine Arbeitsjacke und der Helm, beides vermutlich von Lochert. Im hinteren Teil des Raumes stand ein Werkzeugkoffer auf dem Boden. Darauf lag eine Brille mit Metallgestell. Auch das gehörte ihm.

Der Betriebsleiter, der sich als Andreas Polster vorgestellt hatte, öffnete die zweiflügelige Gittertür und erklärte die Funktionsweise des Lasttrennschalters (LTS) an der Wand. Selbst wenn die von der Decke kommenden stromführenden Sammelschienen mittels Schalter vom Netz genommen werden würden, stünden die unteren Leitungen (Ringleitung) noch unter Spannung. Das war offenbar Lochert, obgleich diesem die Tatsache bekannt war, zum Verhängnis geworden.

Am Vortag hatte es hier eine Havarie gegeben, wurden wir weiter aufgeklärt. Zwei Fremdfirmen waren mit der Behebung des Schadens beauftragt worden. Nachdem die eine Firma ihre Arbeit abgeschlossen und Lochert dies quittiert hatte, wurde gegen 16 Uhr wieder zugeschaltet. Die Kontrolle muß laut Vorschrift durch zwei Mitarbeiter erfolgen. Weshalb Locherts Kollege Deckwart, mit dem er Bereitschaftsdienst hatte, dabei nicht zugegen war – was ein Verstoß gegen die Arbeitsvorschrift bedeutete –, mußte sicherlich noch erörtert werden. Für die Rekonstruktion des unmittelbaren Unfallhergangs war es jedoch nicht wesentlich.

Über die letzten Minuten von Bernd Lochert existierten Aufzeichnungen. Wie vorgeschrieben wurde der Telefonverkehr zwischen Netzführung Taucha und den Männern draußen im Einsatz dokumentiert. So war man – wie auch in diesem Falle – in der Lage, die einzelnen Schritte und Abläufe nachzuvollziehen und, sofern das passiert war, auch ein Fehlverhalten festzustellen. Für mich war das Protokoll zunächst ein Zeugnis, das zugleich die Komplexität der Stromversorgung und die damit verbundenen komplizierten (und wie zu sehen war auch risikoreichen) Vorgänge ahnen ließ. Für mich wie für die meisten kam Strom aus der Steckdose – was dahinter passierte, blieb weitgehend im dunklen. Allenfalls nahm wir davon Kenntnis, wenn Menschen mit der Art der Stromerzeugung nicht einverstanden waren und dagegen protestierten. Ansonsten sahen wir nur die Riesenmasten in der Landschaft und die armdicken Kabel, die sich über die Felder schwangen.

In der Netzführung in Taucha meldete sich 15.44 Uhr der zuständige Kollege.

»JAKOBI: Jacobi
LOCHERT: Guten Tag, hier ist Lochert.
JAKOBI: Hallo.
LOCHERT: So, paß mal auf. Wir haben jetzt die Reparatur durchgeführt zwischen Betonwerk und VEAB. Ich habe das Kabel geprüft, es ist okay, und jetzt möchte ich zurückschalten.
JAKOBI: Kabel ist geprüft und okay. Da sieht es ja gut aus. Da gibst du mir erst mal die VE (Verfügungserlaubnis – d. Verf.) zurück.
LOCHERT: Ja, ich gebe dir jetzt genau um 15.40 die VE zurück.
JAKOBI: Um 15.40 die VE zurück.
LOCHERT: Ja.
JAKOBI: So, wo wollt ihr anfangen? Wo seid ihr jetzt?
LOCHERT: Ich bin jetzt hier in der VEAB. Ich würde gern, sage ich mal, den Phasenvergleich im Betonwerk machen, weil wir dort unten haben wir einen …
JAKOBI: Da geht's besser?
LOCHERT: Es ist egal, wo wir das machen.
JAKOBI: Mir ist das egal.
LOCHERT: Mir ist es auch egal.
JAKOBI: Bloß schaltungstechnisch dann!
LOCHERT: Nein, ich kann es auch hier oben in der VEAB machen. Es ist egal, wo ich es jetzt mache.
JAKOBI: Na gut, dann machst du in der VEAB schaltklar Richtung Betonwerk.
LOCHERT: Ja
JAKOBI: Und anschließend im Betonwerk Richtung VEAB schaltklar, betriebsbereit, und LaT einschalten.
LOCHERT: Ja.
JAKOBI: Dann kannst du in der VEAB Leitervergleich machen.
LOCHERT: Ja.

JAKOBI: Und wenn das hinhaut, dann können wir zusammenschalten.
LOCHERT: Genau. Dann melde ich mich noch mal vorher.
JAKOBI: Dann meldest du dich. Genau, machen wir es so.
LOCHERT: Ja, ich mache bis dorthin, ehe ich zusammenschalte.
JAKOBI: Ja, meldest dich noch mal.
LOCHERT: Ja, alles klar.«
Bis hier lief alles normal. Das ist die übliche Kommunikation mit der Zentrale, wie sie selbst auf dem Mond erfolgte, als die Astronauten draußen herumstampften und den Commander in der kreisenden Kapsel fortwährend unterrichteten.
16 Uhr rief Lochert wie vereinbart die Netzführung wieder an.
»JAKOBI: Jacobi.
LOCHERT: Ja, hier ist Lochert. Ich habe noch ein paar Schaltzeiten.
JAKOBI: Ja
LOCHERT: So, 15.48 Uhr habe ich in der VEAB Richtung Betonwerk schaltklar gemacht.
JAKOBI: 15.48 Uhr in der VEAB – Betonwerk schaltklar gemacht.
LOCHERT: 15.53 Uhr im Betonwerk Richtung VEAB schaltklar, betriebsbereit und LS (Lastschalter – d. Verf.) ein.
JAKOBI: 15.53 Uhr im Betonwerk Richtung VEAB schaltklar, betriebsbereit und LaT ein.
LOCHERT: So, und um 16.00 Uhr habe ich in der VEAB Phasenvergleich gemacht. Der ist i. O.
JAKOBI: 16.00 Uhr in der der VEAB Phasenvergleich, und der ist in Ordnung.
LOCHERT: Ja.
JAKOBI: So, da kannst du dann auch einschalten.
LOCHERT: Warte, bleib dran, die Schaltzeit gebe ich dir auch

gleich. (Einschaltgeräusch des Lasttrennschalters) So, um 16.02 Uhr habe ich in der VEAB Richtung Betonwerk den LaT eingeschaltet.

JAKOBI: 16.02 Uhr in der VEAB Richtung Betonwerk LaT ein.

LOCHERT: Genau.

JAKOBI: Mal gucken, ob sich was getan hat (Er kontrolliert in der Schaltwarte die Meßwerte) Ja, jetzt fahren wir das zusammen. So, da machen wir noch die Rückschaltung, oder?

LOCHERT: Ja, geht los.

JAKOBI: So, da müßtest du als erstes jetzt nach Zschöllau-Schule fahren.

LOCHERT: Zschöllau-Schule, ja.

JAKOBI: Und dann schalten wir Richtung Stellwerk LaT aus.

LOCHERT: Richtung Stellwerk LaT aus, korrekt.

JAKOBI: Ja, möchtest du es gleich komplett haben, oder willst du dich noch mal melden?

LOCHERT: Ich mach's komplett.

JAKOBI: So, das war das erste. Dann fährst du nach Schmorkau.

LOCHERT: (notiert) Schmorkau.

JAKOBI: Und dort schaltest du Richtung Mannschatz den LaT ein.

LOCHERT: (notiert) Schmorkau Richtung Mannschaft LaT ein.

JAKOBI: Ja, und zum Schluß fährst du noch in die Schaltstelle Schönnewitz.

LOCHERT: (notiert) Schönnewitz.

JAKOBI: Und da schaltest du Richtung Gaunitz/Döllnitzaue den LaT aus.

LOCHERT: Alles klar.

JAKOBI: Ja, die drei Sachen, da haben wir es wieder normal.

LOCHERT: Ja, okay, bis dann.

JAKOBI: Okay, gut. Tschüß.«

16.05 Uhr meldet sich Lochert wieder in der Netzführung in Taucha. Offenkundig weicht etwas von der Normalität und der bis dato unauffälligen Routine ab.

»JAKOBI: Jacobi.

LOCHERT: Ja, hier ist noch mal Lochert. Du, paß mal auf, ich habe jetzt gerade gesehen, daß hier in der VEAB Richtung Betonwerk das mittlere Messer nicht richtig in der Löschkammer drinsitzt.

JAKOBI: Nicht richtig drin? Das ist nicht gut.

LOCHERT: Nein. Ich müßte jetzt noch mal ausschalten.

JAKOBI: Ja, noch geht's. Das ist kein Problem.

LOCHERT: Eben, eben. Ich wollte es dir bloß sagen.

JAKOBI: Ja, probier mal dein Glück.

LOCHERT: Ich schalte noch mal aus und versuche noch mal einzuschalten.

JAKOBI: Ja, genau, machen wir es so.

LOCHERT: Ja, gut.

JAKOBI: Alles klar.«

Danach endet die Verbindung. Es ist 16.08 Uhr

JAKOBI versucht wieder und wieder – in den nächsten zwölf Minuten insgesamt achtmal – Lochert zu erreichen. Doch stets springt nur die Mailbox an.

16.21 Uhr klingelt er sichtlich verunsichert den zweiten Mann der Bereitschaft, Andreas Deckwart, an. In der Schaltzentrale war zudem ein kurzer Impuls auf der Anzeige registriert worden.

»DECKWART: Deckwart.

JAKOBI: Hallo, du bist nicht mit da oben in Oschatz, oder?

DECKWART: Nein, ich war.

JAKOBI: Du warst. Es ist ein bißchen blöd jetzt. Der Bernd hat sich gemeldet, wir haben die Leitung eingeschaltet, und in der

VEAB der LaT, da hat wohl der mittlere nicht richtig Kontakt gegeben, und da wollte er noch mal ausschalten, und da gab es einen Erdschluß. Der ist zwar wieder weg, aber nun war das schon zwölf Minuten her, und der meldet sich nicht mehr, der Gute. Das macht mir nun bißchen Angst, die Geschichte … Nicht, daß dem was passiert ist.

DECKWART: Aber keine Schutzanregung oder so was?

JAKOBI: Bloß ein kurzer Erdschlußwischer. Fünf Sekunden lang.

DECKWART: Ja, ich fahr mal schnell rüber.

JAKOBI: Ich habe da Bedenken. Nicht, daß dem was passiert ist. Ich rufe auf allen beiden Handys. Der geht nicht ran, nur die Mailbox.

DECKWART: Paß mal auf, könntest mal Reinhardt, Wolfgang anrufen. Hast du seine private Nummer?

JAKOBI: Die kriege ich raus. Ja, ja.

DECKWART: Da probierst du den mal anzurufen. Der wohnt ja ganz in der Nähe.

JAKOBI: Der wohnt in der Nähe. Daß der mal hinguckt.

DECKWART: Ja. Wenn nicht – ich mach mich jetzt fertig.

JAKOBI: Ja, dann rufe ich noch mal an.

DECKWART: Rufst mich dann gleich noch mal an? Oder soll ich es selber probieren.

JAKOBI: Oder probier's selber mal. Wenn das nichts wird, dann kannst du gleich losfahren.

DECKWART: Ja, okay, geht klar. Tschüß.«

16.26 Uhr versuchte Jacobi erneut vergeblich, eine telefonische Verbindung zu Lochert zu bekommen. 16.27 Uhr meldete sich Deckwart wieder.

»JAKOBI: Jacobi.

DECKWART: Paß auf, ich habe erst mal Wolfgang erreicht. Der

fährt erst mal schnell hoch und guckt, was ist. Dann muß er erst noch mal nach Hause, denn er hat kein Handy.

JAKOBI: Das nützt ja nichts. Das ist schon gut so. Denn er hat sich bis jetzt nicht gemeldet. Ich kriege keine Verbindung zu dem.

DECKWART: Nein, ich habe es auch probiert hier.

JAKOBI: Das macht mir doch ein bißchen Angst hier, die Geschichte.

DECKWART: Mir auch, du.

JAKOBI: Da soll er erst mal gucken. Und er hat ja zwei Handys da, und da kann er von dort aus anrufen, wenn was sein sollte.

DECKWART: Ich hab gesagt: ›Ich mach heute nachmittag wieder mit hin‹. ›Nein, ich mache es alleine fertig‹, hat er gesagt. Wenn da was ist, mache ich mir doch Vorwürfe ein Leben lang. Das kannst du glauben.

JAKOBI: Ja, das glaube ich schon. Warten wir es erst mal ab. Vielleicht ist er noch mal ins Betonwerk, rüberschalten oder was. Aber bloß da kann er sich mal melden vornweg. Weißt du. Das ist Scheiße, so was.

DECKWART: Ja, Wolfgang ist in fünf Minuten oben.

JAKOBI: Ja, ist schon richtig so. Alles klar.

DECKWART: Alles klar. Bis dann.«

16.37 Uhr – offenkundig hat er einen Anruf von Wolfgang Reinhardt erhalten – meldete sich Deckwart wieder bei der Netzführung.

»JAKOBI: Jacobi.

DECKWART: Ja, Deckwart. Es ist etwas passiert.

JAKOBI: Ist was passiert?

DECKWART: Der liegt in der Bude.

JAKOBI: Ach du Scheiße. Hat er den Notarzt schon gerufen?

DECKWART: Reinhardt, Wolfgang hat SMH (Schnelle Medizinische Hilfe – d. Verf.) angerufen. Ich weiß nicht, was ihr jetzt noch für weitere Schritte einleitet. Ich mache mich erst mal in die Spur. Ausschalten braucht ihr nicht, hat Wolfgang gesagt. Der liegt irgendwie an der Tür und ist nicht ansprechbar. Ach, ich bin fertig.

JAKOBI: Die SMH hat er angefordert?

DECKWART: Die hat er angefordert.

JAKOBI: Gut, alles klar. Du guckst erst mal hin.

DECKWART: Ich gucke mal hin. Tschüß.«

Ab 16.41 Uhr informierte Jacobi in mehreren Telefonaten gemäß Beschluß des Firmen-Vorstandes »Verhalten bei außergewöhnlichen Ereignissen« die zuständigen Vorgesetzten und Stellen.

Nacheinander trafen sie dann am Unfallort ein. Entsprechend der Meldeordnung wurden inzwischen auch Gewerbeaufsicht und Kriminalpolizei über einen Unfall mit Todesfolge in Kenntnis gesetzt. 18.16 Uhr, reichlich zwei Stunden nach der Katastrophe, erschienen zwei Mitarbeiter der K am Platze. 21.20 Uhr versiegelten diese Zellen- und Stationstür …

Ich schaute mich gewissenhaft um. Auf der Innenseite des äußeren Rahmenstegs des linken Flügels der Drahtgittertür entdeckte ich in etwa 1,40 Meter Höhe eine Fleck auf der grünen Farbe. Bei genauerer Betrachtung identifizierte ich es als ein Stück textiles Gewebe, das in den Lack eingebrannt war. Das Gewebe schien mit einer fettigen, wachsartigen Substanz überzogen. Ich nahm davon eine Probe.

Auch am Mittelsteg des linken Flügels, keinen halben Meter über dem Betonboden, fand sich eine dunkle Spur auf dem Lack, die auf eine hohe Temperatur hindeutete. Ich fotografierte auch die blutbeschmierte Brille und andere wichtige Details.

Dann packte ich alles zusammen und machte mich auf den Heimweg. Keine zwei Stunden hatte ich mich hier aufgehalten. Bei der professionellen Geschäftigkeit, die man an solchen Plätzen notwendigerweise entfaltet, hat man keine Zeit, über den Tod zu reflektieren. Das passierte meist erst im Auto. Auch wenn man den Toten nicht kannte, ihn nicht einmal sah, er lediglich als Fall ins eigene Dasein trat, berührte es mich trotzdem jedesmal. Ein Menschenleben hinterließ mehr als nur einen wachsartigen Überzug an einer Brandstelle im Lack. Da waren die Angehörigen, Freunde und Kollegen. Den Kindern fehlte plötzlich der Vater und der Frau der Ehemann. Morgens verließ er, wie stets, das Haus zur Arbeit – und abends hieß es: Er ist tot. Das war mehr als bitter.

Die Kleidung, die mir zugestellt wurde, sah so aus, wie ich befürchtet hatte. Der graubraune Parka mit eingeknöpftem Fell-Imitat wies ein ziemlich großes Brandloch in der linken Schulter auf. Die Struktur des Außengewebes stimmte mit der Struktur auf der Gittertür überein. Auch der darunter getragene Strickpullover und das T-Shirt wiesen an der gleichen Stelle Brandlöcher auf. Bei dem linken Arbeitshandschuh aus hellem Rauhleder hatten die Fingerlinge Löcher, der rechte zeigte nur oberflächliche Verfärbungen. Bei näherer Untersuchung fand ich jedoch mehrere kleine Durchschläge.

Aus dem Zustand der Kleidung war unschwer der Lauf des Stromschlages festzustellen: von der linken Hand durch die Schulter. Offenkundig hatte Lochert mit dem Oberkörper die Tür berührt. Dadurch war der Erdschluß erfolgt, den Jacobi in der Netzführung auf seiner Anzeige registriert hatte. Aber wie und warum überhaupt dies bei einem erfahrenen Manne, der mehr als zehn Jahre in diesem Bereich tätig war, geschehen konnte – dies sollte der Gutachter aufklären.

Lochert, das wiesen die Unterlagen aus, war kerngesund. Er besaß alle einschlägigen Berechtigungen, war hinlänglich qualifiziert und belehrt. Es konnte sich also nur um einen klassischen Blackout gehandelt haben, daß er in einem entscheidenden Moment alle vorhandenen Kenntnisse vergessen und die inneren Sicherungssysteme ausgeschaltet hatte. Es sei denn … Ich wischte den absurden Gedanken beiseite. Einer in der Runde hatte erzählt, daß die Frau nunmehr zum zweiten Male Witwe geworden sei. Der erste Mann, ein Förster, hatte sich mit seiner eigenen Jagdwaffe erschossen.

Daheim im Labor zerlegte ich die mir zur Verfügung gestellte sogenannte Lösch- oder Funkenkammer. Es handelte sich um ein vergleichsweise kleines Teil, keine Hand groß, das im wesentlichen aus zwei isolierenden Porzellanteilen bestand. In diese eingebettet war Metall. Dazwischen fuhr ein Messer. So wurde die Verbindung hergestellt, der Stromkreislauf geschlossen.

Lochert hatte am Telefon signalisiert, daß das mittlere Messer nicht richtig eingefahren sei, daß es also Probleme damit gäbe. Deshalb wollte er noch einmal abschalten. Jacobi hatte zugestimmt.

Und danach brach die Verbindung ab.

Die eine Porzellanbacke der Funkenkammer war zerstört. Vermutlich war sie zersplittert, als das verbogenen Messer eingefahren war. Lochert hatte das gesehen und hatte es richten wollen. Das Messer, so hatte ich beim Lokaltermin registriert, wies, wenngleich geringfügige, Anhaftungen auf, die zweifellos von Locherts Arbeitshandschuh stammten. Der Elektriker hatte das störrische Messer wieder ausgefahren und vergessen, daß es unter Strom stand. Er hat mit der Hand die vermutlich leicht verbogene Schiene ergriffen. Dabei stieß er wohl mit der Schulter gegen die Gittertür. Das war's.

Während des Lokalstermins hatte ich darum gebeten, von einem Einsatztrupp der envia unter Aufsicht und entsprechend den Vorschriften Schalthandlungen vorzunehmen. Das mittlere Schaltmesser des Lasttrennschalters war zwar ein wenig nach rechts verbogen. Ich wollte feststellen, ob es in diesem Zustand beim Einschalten in den Gegenkontakt (Laufsteg) einfährt, blockiert oder seitlich vorbeigleitet. Alle drei Schaltmesser – der mittlere inklusive – glitten ohne Probleme in die trichterförmige Öffnung der Löschkammer.

Bernd Lochert hatte das Metallstück mit seinem letzten Handgriff also noch hinlänglich gerichtet.

Gesellschaftshaus in Flammen

Das Gebäude in der Senftenberger Innenstadt muß einst das erste Haus am Platze gewesen sein, damals, als es wenige Monate vor Beginn des Ersten Weltkrieges errichtet worden war. Zumindest legen die Baupläne diesen Schluß nahe. Die Unterlagen über den »Neubau eines Tanzsaales für Herrn Restaurateur Louis Meinhardt« waren baupolizeilich am 20. Februar 1914 geprüft und von einem Königlichen Baurat in Luckau per Unterschrift genehmigt worden.

Der »Restaurateur« war vermutlich der Restaurantbetreiber.

Wie ich der Senftenberger Presse 1996, also 82 Jahre später, entnahm, reklamierte der Vorsitzende des Stadtparlamentes, daß sein Großvater einst Eigentümer des Hauses gewesen und er selbst in diesem Hause geboren worden sei. Der Lokalpolitiker erklärte dem Lokalredakteur weiter, daß die Großeltern 1960 das Haus »an den Staat« hätten verkaufen müssen – »für einen Preis, der den tatsächlichen Wert keineswegs widerspiegelte«. Nun wissen wir alle, daß in der DDR nicht nur die Mietpreise, sondern auch die Boden- und Grundstückspreise von 1937 galten, was vornehmlich Besitzer von größeren Häusern vor schier unlösbare Probleme stellte: Die Mieteinnahmen deckten nicht annähernd die laufenden Unterhaltungs-, geschweige denn erforderliche Modernisierungskosten. Darum war solcherart Eigentum objektiv Ballast geworden. Viele Hausbesitzer traten folglich die Flucht nach vorn an und versuchten, sich der Last zu entledigen und zu den damals geltenden Preisen »an den Staat« zu verkaufen. Nach Herstellung der deutschen

Einheit wurden aber auch im Osten Immobilien wieder zur Ware, weshalb dieser Lokalpolitiker, wie ich ebenfalls in der Zeitung las, umgehend Rückübertragungsansprüche geltend gemacht hatte. Doch offenkundig gab es an der Rechtmäßigkeit des seinerzeitigen Verkaufes wenig zu deuteln. 1996 jedenfalls stand das ehemalige »Haus der Werktätigen« leer und verschlossen. Das lag wohl nicht nur an den inzwischen abhanden gekommenen Werktätigen. Senftenberg in der Lausitz lebte vormals von der Braunkohle – dieses Kapitel war inzwischen geschlossen worden. Eine Zeitlang war das Haus von der Stadtverwaltung verpachtet worden. Der Mieter nutzte es vornehmlich für Lagerzwecke. Doch zum Jahreswechsel 1995/96 verließ auch er es. Die Stromzufuhr war sowohl im Haus wie auch vom Energiebetrieb gekappt worden. Da wiederholt Unbefugte ins Haus eingestiegen waren, obgleich sich gegenüber die Polizeiwache befand, ließ die Stadtverwaltung die Fenster der unteren Etage mit Blechplatten zunageln. Doch auch danach hätte es im HdW Bewegung gegeben, behaupteten Anwohner.

Kurz vor 20 Uhr am 1. Februar 1996 war der Brand bemerkt und Alarm ausgelöst worden. Am Morgen danach beauftragte mich die Staatsanwaltschaft Cottbus mit der Ermittlung der Brandursache, da der Verdacht der Brandstiftung vorlag und die Polizei gemäß § 306 StGB gegen Unbekannt ermittelte. Mich hatte gegen 8.40 Uhr Kriminaloberkommissar Kager aus Senftenberg angerufen und um sofortiges Kommen gebeten, dann jedoch den Lokaltermin auf den nächsten Tag 9.00 Uhr vorschoben, da die Löscharbeiten noch nicht abgeschlossen seien.

Nun gut, machte ich mich also am Samstag mit Hans-Gustav Creydt auf den Weg. Uns erwartete bereits Untersuchungsführer Kager, der uns zunächst einen groben Überblick lieferte. Es war noch immer extrem kalt, weshalb, wie er uns – von einem Bein auf das andere tretend – berichtete, auch die Hydranten in der Rudolf-Breitscheid-Straße eingefroren waren. Die eisige Kälte habe Pumpaggregate und anderes Gerät einfrieren lassen – wiederholt hätten Fahrzeuge zum Auftauen in die Feuerwache zurückkehren müssen. Dadurch hätten sich die Löscharbeiten ein wenig verzögert. Man habe schließlich auch noch die Wehren in Schipkau, Großräschen, Ruhland, Lauchhammer, Brieske, Hosena, Sedlitz und von der BASF alarmiert.

Creydt warf mir einen vielsagenden Blick zu.

»Ein gewaltiger Aufwand für ein einziges Gebäude. Und dennoch ist nicht viel davon übriggeblieben.«

Kager zuckte ein wenig ratlos mit der Schulter. Das Haus sei eben verwinkelt und den Feuerleuten unbekannt gewesen. Vielleicht hätten sie darum ein wenig vorsichtiger als sonst agiert.

Er las uns das Protokoll der Einsatzleitung vor. Bereits fünf Minuten nach der Alarmierung sei die Feuerwehr am Platze gewesen. 20.05 Uhr wäre man über die Leiter ins Obergeschoß in den Ballsaal eingestiegen. 20.15 Uhr lautete die Meldung: »Kein offenes Feuer zu sehen, vermutlich brennt ein altes Sofa, Eindringen sehr gefährlich.«

Wenig später meldete sich Wernfried Dutkowiak vom Bauamt Senftenberg. Er hatte den Schlüssel. Gleichzeitig mit ihm traf der Notarzt ein, weil das Gerücht herumgeisterte, es seien noch Personen im Haus. Inzwischen sammelte sich auch Publikum auf der gegenüberliegenden Straßenseite, obgleich doch außer der Feuerwehr und dem Qualm, welcher aus dem Haus stieg, zunächst wenig zu sehen war.

Während die Feuerwehrleute 20.29 Uhr protokollierten: »Giebelseitig des Objektes zur Reyersbachstraße Aufgang durch Gerümpel und Träger verstellt. Zugänglichkeit erschwert«, sagte eine Anwohnerin der Polizei, sie habe gegen 17 Uhr folgende Beobachtung gemacht: »Ein Mädel mit roten Haaren und ein Junge mit grünen Haaren sahen hofseitig aus einem Fenster des Brandobjektes. Gegen 17.30 Uhr fielen drei Schüsse und drei Fensterscheiben gingen zu Bruch. Der Hund hat angeschlagen.«

20.39 Uhr schlug Feuer aus dem Dachstuhl.

20.56 Uhr erklärte eine andere Anwohnerin, sie wolle gegen 19.50 Uhr vier Jugendliche auf dem Hof gesehen haben. Irgendwelche Punks. Sie wären dann verschwunden.

Inzwischen brannte der Dachstuhl in voller Ausdehnung.

Die 20000 Liter Wasser aus den Tanks der Löschfahrzeuge waren verbraucht, die Hydranten eingefroren. »Müssen abrücken, Wasser tanken«, lautete der Funkspruch an die Einsatzleitung. 21.10 Uhr traf die Freiwillige Feuerwehr aus dem benachbarten Schipkau ein, sechs Minuten später die aus Lauchhammer …

Das Feuer müsse seinen Ausgang im Bühnenbereich genommen haben, repetierte Kager aus seinen Unterlagen. Dort seien auch die Flammen als erstes aus dem Dach geschlagen.

»Könnte ich mal bitte die Bauzeichnungen haben?« erkundigte ich mich bei dem Polizeibeamten.

»Bitte. Das Haus ist in den vielen Jahrzehnten wiederholt umgebaut worden. Es gab zudem etliche Anbauten …«

»Ich will es nicht kaufen«, witzelte ich und wollte seinen entschuldigenden Unterton mildern.

Der Ballsaal bestand erkennbar aus Saal und Bühnenbereich. Letzter war unterkellert. Dort befand sich die Zentralheizungsanlage. Oberhalb der Bühne schwebte an einer Stahlkonstruktion eine leichte Zwischendecke, darüber wölbte sich eine

Holzbalkendecke, die zugleich den Fußboden für das Dachgeschoß bildete. Im Dachgeschoß befanden sich unter anderem die Ausdehnungsgefäße der Heizungsanlage.

Unterhalb des Saalbereiches existierte ein sogenannter Kriechkeller – er maß in der Höhe nur 1,60 Meter. Dort waren sämtliche Versorgungsleitungen installiert. Die Holzbalkendecke, auf der das Parkett des Saales ruhte, wurde von Stahlträgern gestützt.

Der Saal wurde umrundet von einer Empore. Darüber dehnte sich eine Tonnengewölbedecke. Die Tragekonstruktion, an der die Rabitzwand hing, war aus einem Stahlbindergeflecht und über Laufplanken begehbar,

Nachdem wir uns ausreichend informiert hatten, besichtigten wir den Brandort. Dazu zogen wir uns wie üblich unser Arbeitszeug an. Selbst das war der Lokalpresse nicht entgangen. Am Montag las ich unter der Überschrift »Spurensuche im großen Aschehaufen« in der Elbe-Elster-Rundschau: »Beim äußeren Vergleich der freiberuflichen Kriminalisten aus Berlin (womit wir gemeint waren – d. Verf.) und der Hauptberuflichen aus Senftenberg fiel eines ins Auge: Die Privaten geben mehr Geld für ihre persönliche Sicherheit aus als den einheimischen Beamten in Zivil von ihrem Dienstherrn zugestanden wird. Während sich die einen mit spezieller Kleidung und superfestem Schuhwerk vor etwaigen Gefahren in der Brandruine schützen können, müssen die anderen mit dem auskommen, was der eigene Kleiderschrank an normalen Sachen so hergibt.«

Wenn das eine Kritik an die Adresse von Kagers Vorgesetzten gewesen sein sollte, konnte ich damit leben. Dennoch gab ich zu bedenken: Wir oft mußten Polizeibeamte wie Kager durch Brandruinen stapfen – und wie oft müssen wir es tun?

Man sollte doch auch in diesem Falle die Kirche im Dorf lassen. Wir stampften also durch den Brandschutt: Creydt und ich in unserem »superfesten Schuhwerk« und Kager in seinen Winterstiefeln. Über dem Saal wölbte sich der Winterhimmel, der Dachstuhl war völlig ausgebracht und die Stahlkonstruktion heruntergestürzt. Von der Holzbalkendecke gab es nur nur noch angekohlte Reste. Auf der Bühne waren Metallgestelle zu erkennen: offenkundig die Überbleibsel von Möbeln. Wir notierten und dokumentierten mit der Kamera jede einzelne Ecke wie üblich und nahmen Proben aus dem Schutt. Doch es fanden sich keinerlei Hinweise auf spiritus- oder propanbetriebene Koch- oder Heizgeräte, was von der Aussage der Nachbarn, hier seien Jugendliche regelmäßig verkehrt, suggeriert worden war. Hingegen wurde die Feststellung, es habe keinen Strom mehr gegeben, bestätigt: Keine der Sicherungen war angesprungen.

Alle Indizien deuteten darauf hin, das der Brand seinen Ausgang im Übergangsbereich vom Saal zur Bühne genommen haben mußte. »Das belegt das Verformungsbild der Tragekonstruktion der leichten Bühnendecke, da Metall sich in Richtung der ersten Wärmeeinwirkung verformt und in der Regel aus der entfernteren Auflage herausgezogen wird«, notierte ich. »Gleichzeitig bildete die Decke einen Schutz für die darüberliegenden Balken. Auf der einen Seite, wo die leichte Decke heruntergefallen war, konnten die Balken der Holzbalkendecke sehr gut wegbrennen. Andererseits drangen Rauchgase aus dem Dachbereich über den Saal in den Dachbereich der Bühne ein, was die Rußfahne über der Verbindungstür belegt. Die unterschiedliche Dacheindeckung (Blecheindeckung über dem Saal, Pappdach über der Bühne) war der Hauptgrund, daß die ersten Flammenerscheinungen am Bühnendach im Bereich der Trennwand zum Saal äußerlich sichtbar wurden.« Zudem war in eben jenem Bereich der Fußboden am stärksten verbrannt, es existierte ein Brandkrater.

Eine technische oder elektrotechnische Ursache für den Brand schloß ich ebenso aus wie eine fahrlässige Entzündung durch Zigarettenglut. Dazu hätte es anderer Materialien als der vorliegenden bedurft, um ein solches Feuer zu entzünden. »Auch die Zündung durch Streichholz-, Feuerzeug- oder Kerzenflamme setzt das Vorhandensein leicht brennbarer Stoffe voraus, wobei für die Brandentwicklung ausreichende Mengen in geeigneter Position und Anordnung vorhanden sein müssen, wie es möglicherweise auf der Bühne, aber kaum auf dem Fußboden vor der Bühne der Fall war«, schrieb ich in mein Gutachten und schloß: »Bei Fehlen dieser Voraussetzungen mußten zwangsläufig brandfördernde Mittel gezielt eingesetzt werden, um das vorhandene Parkett oder massive Holzteile wie Tischplatten und Gestühl zu entzünden. Die konkrete Begehungsweise war zwar anhand der wenigen gegenständlichen Befunde nicht zu ermitteln. Von einer Vorsatzhandlung ist jedoch auszugehen.«

Eine Zeitlang nahm ich an, daß ich mich in dieser Einschätzung getäuscht hatte. Mich hatten später nämlich Gerüchte aus Senftenberg erreicht, die eher auf eine fahrlässige Brandstiftung deuteten. Kinder und Jugendliche aus der alternativen Szene, die das Haus als Abenteuerspielplatz betrachteten, hätten dort möglicherweise gekokelt. Insofern müsse man von einer Art Betriebsunfall und nicht von Vorsatz ausgehen.

Für mich war der Fall mit Abgabe des Gutachtens bei der Staatsanwaltschaft in Cottbus erledigt. Bei der Recherche zu diesem Buch rief dieses Ende eine gewisse Unzufriedenheit hervor, weil die Sache eigentlichen keinen Schluß hatte. Also rief ich in der Lokalredaktion der Lausitzer Rundschau an, denn wenn man dort über den Brand berichtet hatte, würde man gewiß auch über die Ergreifung des Täters und das Verfahren gegen ihn geschrieben haben. So meine naive Vermutung. Doch der Redakteur von damals arbeitete nicht mehr dort, und als er in Lauchhammer ausfindig gemacht war, konnte er auch nichts weiter dazu sagen, denn wenig später sei der Fall zur Chefsache erklärt worden. Und wie Chefsachen hierzulande endeten, wisse ich ja wohl.

Nach seiner Erinnerung wäre über den Brand nichts mehr in der Zeitung erschienen, Nachfragen im Rathaus seien ins Leere gelaufen und Täter nie gefaßt worden. Vielleicht wisse der damals dafür zuständige Polizeibeamte mehr. Nein, nicht Kager, der sei inzwischen Rentner, den Herrn B., der im Zuge der Polizeireform auf einen anderen Stuhl zu sitzen gekommen sei (was wohl als eine freundliche Umschreibung für Abstellgleis gemeint war).

Also Anruf in Senftenberg. Herr B., ein entgegenkommender Kollege, bestätigte in der Sache alles. Ja, das leerstehende HdW sei trotz zugenagelter Fenster zum Abenteuerspielplatz geworden. Ja, es sei eine gewisse Nachrichtensperre verhängt worden, um die Ermittlungen in der Jugendszene nicht zu gefährden. Ja, es habe kein Verfahren gegeben, weil man die Täter nicht ermitteln konnte. Wenn man bei einer Brandstiftung keinen in flagranti ertappte oder genügend belastende Indizien fände, wenn es keine Zeugen gebe oder mehrere Beteiligte nicht erklärten: der und der ist es gewesen – dann habe der Staatsanwalt keine Chance. Die Ermittlunsgbehörden hätten ein damals 16-jähriges Mädchen verdächtigt, doch leider … So sei die Tat, für die er die Bezeichnung »grobe Fahrlässigkeit« und »bedingten Vorsatz« verwandte, unaufgeklärt geblieben.

An der Stelle des einstigen HdW befindet sich heute ein Parkplatz. Ursprünglich sollte nach dem Abriß der Ruine Wohnungen dort errichtet werden. Doch nachdem auch in Senftenberg bereits Plattenbauten abgerissen wurden, stellte sich die Frage nach der Sinnfälligkeit eines solchen Neubaus. Die offizielle Arbeitslosenquote liegt in Senftenberg bei 27 Prozent, die Jugend geht weg. Da braucht man nicht einmal mehr »Abenteuerspielplätze«.

Heiße Liebe

»Tief im Westen« liegt bekanntlich Bochum. So hieß auch die Zeile aus jenem berührenden Lied, das Herbert Grönemeyer in den 80er Jahren über seine Heimatstadt Bochum sang. Tief im Westen trug sich auch dieser Fall zu, bei dessen Aufklärung mich ein Sicherheitsinstitut aus Nordrhein-Westfalen hinzuzog. Die Umstände veranlassen mich jedoch, weder Namen noch Adressen zu nennen. Das tue ich nicht, ohne ausdrücklich hinzuzufügen, daß sich eine solche Geschichte auch »tief im Osten« zugetragen haben könnte. Nur weil wir davon nichts erfahren, bedeutet es nicht, daß es nicht passiert.

Es wird schon im Biologie-Unterricht vermittelt, daß jeder Mensch bestimmte sexuelle Neigungen in sich trägt. Manche sind reichlich ungewöhnlich. Die einen unterdrücken sie, weil sie diese nicht auszuleben wagen, die anderen besitzen solche Kontrollmechanismen nicht. Ich bin kein Sexualtherapeut, der beurteilen kann, ob das eine besser sei als das andere, ob es einen Gefühls- und Hormonstau gibt, wenn man nicht seinem Drang nachgibt. Ich bekomme es allenfalls mit den Konsequenzen zu tun. Und die sind mitunter nicht angenehm und können wiederum juristische Folgen haben, zumal dann, wenn sich einer der Beteiligten anschließend einem Rechtsanwalt offenbart und Anzeige erstattet. Nicht selten muß geklärt werden, ob tosende Lust oder krimineller Vorsatz als Ursache festzustellen sind. Zwar gilt der alte Grundsatz, wonach zwischen zwei (oder mehr) Partnern alles erlaubt sei, was den Beteiligten gefalle, Außenstehende haben kein Recht der Bewertung.

Doch die Grenze zwischen Neigung und Nötigung (und mehr) ist eben fließend und hinterher darum von den Beteiligten juristisch anfechtbar. Das ist die Crux.

Am 14. Juli 1997 erreichte mich der Anruf eines privaten Sicherheitsinstituts aus NRW. Der Betreiber – ein »geprüfter Detektiv«, wie es im nachfolgenden Fax hieß, und Mitglied im Verband für Sicherheit in der Wirtschaft NRW e. V. – bat mich um die Beantwortung der abstrakten Frage, ob Ethanol auf einem textilen Substrat durch Funkenflug, etwa aus einem Feuerzeug, entzündet werden könne.

Anderentags bereits erreichte mich ein Brief mit weiteren Fakten. »Da unser Auftraggeber«, hieß es eingangs ein wenig aufgeregt, in dieser Angelegenheit »rechtliche Schritte einleiten möchte, benötigen wir umgehend das von uns in Auftrag gegebene Gutachten. Da dieser Fall für uns oberste Priorität hat, bitten wir auch Sie, diesem Gutachten Vorrang einzuräumen.« Neben dem Gutachten hatte er auch eine Videodemonstration erbeten, und da das angebotene Honorar keineswegs übertrieben, aber durchaus angemessen war, sah ich wenig Anlaß, diesen Auftrag abzulehnen, aber auch keine Ursache, meinen gesamten Arbeitsplan deshalb umzustoßen. Außerdem wollte nicht nur ich in den Urlaub – die Anwälte und Richter wollten es gewiß auch. Insofern, so meinte ich zu meinem Kollegen im Westen, würde es wohl genügen, wenn ich ihm Mitte September, also etwa in zwei Monaten, mein Arbeitsergebnis vorlegte.

Der Privatdetektiv aus der Stadt im Ennepe-Ruhrkreis mit der Privat-Universität zeigte sich wohl oder übel verständnisvoll und stimmte dem Vorschlag zu.

Es ging um einen Mann und eine Frau. Wer die beiden waren, woher sie kamen, womit sie ihr Geld verdienten, was sie miteinander zu tun hatten und dergleichen mehr war aus den wenigen mir zur Verfügung gestellten Unterlagen nicht ersichtlich. Das mußte ich zur Beantwortung der mir vorgelegten Frage auch nicht wissen. Die Namen der beiden erschienen als Initialien, aus denen zumindest erkennbar war, daß beide nicht miteinander verheiratet waren. Herr Uwe M. wurde als »Besucher« charakterisiert, der sich gegen 20 Uhr bei Frau C. »zu Hause in ihrer Wohnung« aufgehalten habe.

An anderer Stelle heißt es, daß er 2 Promille intus gehabt hätte, also nicht mehr ganz nüchtern war. Ob dies auch auf die »Gastgeberin« zutraf, ging aus der ihrem Anwalt vorgetragenen Darstellung des Abends nicht hervor. Daß sie dabei ihren Part beim Schäferstündchen in gleichermaßen freundlichen wie zurückhaltenen Worten schilderte, versteht sich von selbst. Das war auch legitim, denn weshalb sollte sie sich selbst belasten?

Herr M., der jetzt gegen sie juristisch vorging, stellte manches anders dar. Auch das war verständlich. Zum physischen Schmerz gesellte sich wohl auch die Scham. Daher gab er an, daß er, als er neben Frau C. auf dem Sofa lag, ein Baumwollhemd, ein T-Shirt und eine Unterhose getragen habe. Frau C. konnte sich nur an ein Hemd erinnern, welches sie ihm dann später heruntergerissen haben will, als ihr Gast in Flammen stand.

Mit einer gewissen Wahrscheinlichkeit kann angenommen werden, daß sich Herr M. bereits seiner Unterwäsche entledigt hatte. Denn, alles deutete darauf hin, zumindest er präferierte Doktorspiele, und beide waren zu jenem Zeitpunkt wohl schon heftig dabei, diese zu praktizieren. Frau C. beispielsweise »desinfizierte« laut Protokoll ein Thermometer. Dazu benutzte sie ein 100 ml fassendes Fläschchen aus der Apotheke, das 70prozentiges Ethanol enthielt.

Offenkundig hielt sie das für erforderlich, weil Herr M. eine rektale Temperaturmessung gewünscht hatte. (Ich überlasse die Beantwortung aller damit zusammenhängenden Fragen Ihrer Phantasie.)

Beim prophylaktischen Reinigen des Meßgerätes (woraus zu schließen ist, daß er nicht der erste war, dem es eingeführt wurde) wären etwa drei Viertel des Flascheninhalts auf das Hemd geschüttet worden. Unbeabsichtigt, wie Frau C. gegenüber ihrem Anwalt beteuerte, weil sie stets gestikuliere, wenn sie rede. Und weil sie sich darüber so erschrocken hätte, habe sie sich vor Aufregung eine Zigarette anzünden müssen. Und da sei es eben passiert.

Herr M., der anschließend vom Notarzt ins Krankenhaus überführt wurde, wo man Verbrennungen III. Grades feststellte, sah das ein wenig anders. 35 Prozent seiner Oberhaut waren geschädigt, man hatte ihn ins künstliche Koma versetzen müssen, damit er die Schmerzen ertrüge. Er glaubte nicht an den »Unfall«, sondern unterstellte kriminellen Vorsatz. Daran änderte auch die Tatsache wenig, daß ihn Frau C. täglich im Krankenhaus besuchte. Herr M. war nachhaltig geschädigt: der linke Oberschenkel, Bauch, linker Arm und der Rücken trugen sichtbare Narben.

Ich war Gutachter, nicht Richter. Der mußte am Ende entscheiden, ob es sich so verhielt, wie es Frau C. behauptete, oder ob sie – um dem »Spiel« ein vorzeitiges Ende zu bereiten – mit Vorsatz handelte. Der Richter mußte dann abwägen, ob Frau C. ihren »Besucher« nur erschrecken oder mehr wollte, ob sie die nachhaltigen Verletzungen lediglich billigend in Kauf nahm oder wissentlich handelte …

Da war meine Aufgabe einfacher. Ich sollte lediglich klären:

»1. Unter welchen Voraussetzungen ist die Zündung eines

mit 70-prozentigem Alkohol getränkten textilen Bekleidungsstück durch die Funken eines Feuerzeugs möglich?

2. Sind die Angaben von Frau C. zum Ereignisverlauf nachvollziehbar?«

Ethanol, chemische Formel C2H5OH, ist auch bekannt als Ethylalkohol, Ethyloxidhydrat, Spiritus, Sprit, Weingeist oder Branntwein. Es handelt sich um eine brennbare Flüssigkeit, die leicht verdunstet und, mit Luft vermischt, zündfähige Dämpfe bildet, die schwerer als Luft sind. Die Zündtemperatur liegt bei 425°C, der Flammpunkt bei 12°C. (Als Flammpunkt bezeichnet man die niedrigste Temperatur, bei der sich aus einer brennbaren Flüssigkeit so viele Dämpfe entwickeln, daß sich ein durch Fremdzündung entflammbares Dampf-Luft-Gemisch bildet. Zum Vergleich: Der von Aceton oder Otto-Kraftstoff liegt bei minus 20°C.)

Ethanol ist vollständig mit Wasser mischbar. Das verändert zwar leicht den Flammpunkt, nicht aber die Zündtemperatur.

Bevor ich jedoch die Experimente vornahm, unterzog ich die von Frau C. gemachten Angaben einer brandtechnischen Bewertung. Ich beantwortete also zunächst Punkt 2 des Auftrages.

Laut ihrer Darstellung habe ihr Besucher sich mit dem linken Arm auf die Couchlehne aufgestützt und auch auf dieser Körperseite gelegen. Wie aber soll dabei Ethanol etwa auf diese Seite des Rückens gekommen sein?

»Es muß angezweifelt werden, daß die Befeuchtung der Bekleidung von Herrn M. durch eine heftig bewegte offene Flasche und die angebliche Zündung durch Funkenflug in einer Weise erfolgen konnte, daß die unten liegende Körperhälfte betroffen wurde.«

Nicht minder falsch war die Behauptung, der Flascheninhalt

sei beim Gestikulieren auf dem Hemd gelandet. Es stimmt, daß man eine Flasche durch heftige Schüttelbewegungen leeren kann, selbst wenn die Öffnung nach oben weist. Doch da spritzt der Inhalt nicht nur in eine Richtung, was hier aber angeblich der Fall gewesen sein sollte. Wenn der ganze Flascheninhalt auf das Hemd von Herrn M. gegangen war, konnte es sich nicht um eine unkontrollierte, zufällige Bewegung gehandelt haben. Auch hier log die Frau.

In meinem Labor unternahm ich schließlich verschiedene Versuche. Als erstes ging es um die simple Beantwortung der Frage, ob sich jene 100 Milliliter-Apothekenflasche, deren Deckel nur lose aufgesetzt war, sich durch simples Schütteln – also Gestikulieren – entleeren ließ. Natürlich ging das, Aber wie schon vermutet: Stets gingen die Spritzer in Bewegungsrichtung.

Sodann untersuchte ich in mehreren Versuchsreihen, ob sich mit 70prozentigem Ethanol getränkte Zellstofftücher entzünden ließen. Dazu legte ich Tücher auf eine Wärmeplatte von 38 °C – das sollte die Körpertemperatur simulieren. Mit handelsüblichen Einwegfeuerzeugen (d. h. mit Reibrad und Feuerstein) wollte ich die Tücher entzünden. Da Frau C. nur von Funkenflug gesprochen hatte, drehte ich die Gaszufuhr ab und ließ nur die Funken sprühen. Der alkoholgetränkte Zellstoff entflammte nach mehr als zehn Zündversuchen, und zwar erst dann, wenn der Abstand zwischen Feuerzeug und Tuch keine zwei Zentimeter betrug.

In einem weiteren Versuch drücke ich die Spitze einer glühenden Zigarette auf einen alkoholgetränkten Baumwollappen. Fehlanzeige: Das feuchte Tuch löschte die Zigarette.

Der Zündversuch mit einem alkoholgetränkten Baumwollappen mit offener Flamme hingegen war erfolgreich: Bei der

Annäherung der Flamme entzündete er sich bereits auf einer Distanz von anderthalb Zentimetern. Ich mußte also die Flamme nicht einmal unter das Tuch halten. Allerdings blieb ich ohne Erfolg, wenn die Distanz größer wurde.

Inzwischen hatte ich bereits festgestellt, daß es unerheblich war, ob ich 70-, 80- oder 90-prozentiges Ethanol verwandte: Das Zündverhalten blieb immer gleich. Ebenso unerheblich war, welches Material ich als textiles Substrat einsetzte. Lediglich dessen Stärke hatte Folgen. Dicke engmaschige und bauschige Stoffe saugten die Flüssigkeit besser auf (und führten sie von der Oberfläche fort, wo sie verdampften). Deshalb benötigte man größere Flüssigkeitsmengen, um gleiche Zündbedingungen herzustellen.

Um die Verdampfung des Alkohols und das Aufsteigen der Dämpfe zu fördern, erhöhte ich die Versuchstemperatur auf 44° C – ich konnte ja nicht wissen, wie hitzig das »Liebesspiel« der beiden war. Außerdem entfernte ich am Feuerzeug den Flammenschutz, um einen ungesicherten Funkenflug erzeugen zu können. Fehlanzeige. Da ging nicht ein Lappen in Flammen auf.

Nachdem ich alles durchprobiert und auf Video festgehalten hatte, notierte ich meine Schlußfolgerungen. Auch wenn ich mir absolut sicher war, daß sich der Brand anders zugetragen hatte als behauptet, durfte ich dies als Gutachter nicht so formulieren. Das käme einer Vorverurteilung gleich, die mir nicht zustand. Deshalb formulierte ich diplomatisch-zurückhaltend – wohl wissend, daß jene, die das Gutachten lasen, auch so verstehen würden, wie ich es meinte:

»1. 70-prozentiges Ethanol, mit dem ein textiles Material durchfeuchtet und das auf Körpertemperatur erwärmt ist, läßt sich mit den Funken eines handelsüblichen Feuerzeugs, das mit Flammenschutz, Reibrad und Feuerstein ausgestattet ist und in der üblichen Weise bedient wird, auch ohne offene Flamme zünden. Der notwendige Mindestabstand zur Oberfläche der Textilie ist dabei allerdings kleiner als 1 Zentimeter.

2. Der Geschehensablauf mit seinem schmerzlichen Ausgang läßt – folgt man zumindest der geschilderten Rahmenhandlung – entweder den Schluß zu, daß Frau C. das Hemd von Herrn M. absichtlich mit der brennbaren Flüssigkeit übergossen und anschließend mit dem Feuerzeug, das sie dazu unmittelbar an seinen Körper hielt, entzündet hat. Oder das Brandereignis wurde tatsächlich ganz anders herbeigeführt.«

Mein Gutachten inklusive Bildteil und Video schickte ich, wie üblich in dreifacher Ausfertigung, am 20. September 1997 »in den Westen«. Was daraus wurde, erfuhr ich, wie meist, nicht.

Ich gebe zu, daß es mich schon interessiert hätte, ob Frau C. weiterhin Herrenbesuch empfing und Thermometer mit Ethanol desinfizierte.

Kuh im Propeller

oder Osama bin Laden im Oderbruch

Wann und wie das Flugzeug auf dem Bördeacker zu Bruch gegangen war, wurde nicht mitgeteilt. Auch nicht, ob der Pilot zu Tode gekommen war oder überlebt hatte. Das Schreiben des Leiters der Staatlichen Luftfahrtinspektion an den Chef des Kriminalistischen Instituts der Deutschen Volkspolizei vom 27. Mai 1987 ging ausschließlich auf den Auftrag ein.

»Antrag zur Ausstellung eines werkstofftechnischen Gutachtens zur Klärung eines Flugunfalls mit dem Luftfahrzeug vom Typ PZL-106A

Werter Genosse Oberstleutnant!

Grund der Untersuchung ist ein durch die Staatliche Luftfahrtinspektion gefordertes Gutachten zur Klärung der Bruchursache eines Gabelendstückes im Bereich der Querrudersteuerung der rechten Tragfläche [...]

Bei der Prüfung des Bruches sind nach Möglichkeit folgende Fragen zu klären:

1. Bruchstruktur
2. Ermittlung der wahrscheinlichen Festigkeitskennwerte mit der erforderlichen Bruchlast (bezogen auf die Querschnittsfläche)
3. Sind zusätzlich nach dem Bruch entstandene Zerstörungsspuren auf der Bruchfläche, die auf eine eventuelles Blockieren der Steuerung im Flug hinweisen, erkennbar?

Für den Fall, daß Dauerbrucherscheinungen vorhanden sein sollten, sind weiterhin folgende Fragen zu erklären:

1. Bezogen auf die Querschnittsfläche etwaige prozentuale Verteilung des Dauer- und Gewaltbruches
2. Ist der Dauerbruch auf einen Anriß zurückzuführen, lassen sich Rückschlüsse auf Ausmaß und Alter des Bruches schließen?
3. Wie groß ist die Bruchlast des Restquerschnittes?

Wir erhoffen uns, durch Ihre Mitarbeit an der werkstofftechnischen Untersuchung des vorliegenden Bruchstückes eine wesentliche Erleichterung zur Klärung der Flugunfallursache.

Mit sozialistischem Gruß, Dadsitz«

In der Anlage des Schreibens befanden sich der Ersatzteilkatalog und die beschädigte Gelenkeinheit – ein Schwenkhebel mit Stoßstangenteilen der Querrudersteuerung. Doch außer zwei Aufnahmen, die das Agrarflugzeug auf einem flachen Acker zeigte, war nichts dabei, um sich im Wortsinne ein Bild vom Unfall machen zu können. Die Teile des »Düngerbombers« lagen beieinander. Offenkundig hatte es eine Bruchlandung gegeben, bei der das Fahrwerk abgerissen war. Propeller und Motor lagen getrennt vor dem Trümmerhaufen. Beide Türen der Pilotenkanzel ragten nach oben und schienen normal geöffnet, mithin war die Kanzel nicht elementar betroffen. Doch das mußte nicht zwangsläufig bedeuten, daß der Pilot den Aufschlag lebend überstanden hatte.

Ich bekam den Vorgang auf den Tisch und legte eine Kriminaltechnische Akte mit der Tagebuch-Nummer SKW 07/87 an. In die einzelnen Rubriken trug ich die notwendigen Angaben ein, in die Spalte »Zeitpunkt des Ereignisses« notierte ich wahrheitsgemäß »nicht bekannt«.

Zu jener Zeit arbeitete ich im Bereich Forensische Chemie,

Arbeitsgruppe Werkstofftechnik, der Sektion Kriminalistik der Humboldt-Universität zu Berlin. Unsere Büros und Labors befanden sich in der Hannoverschen Straße. Am Kriminalistischen Institut der DVP hatte ich unlängst einen Lehrgang absolviert. Insofern war es nichts Ungewöhnliches, daß der Fall mir übertragen worden war.

Zunächst machte ich mich, soweit dies überhaupt möglich war, mit dem »verunfallten Luftfahrzeug vom Typ PZL-106 A«, wie es offiziell genannt worden war, ein wenig vertraut. Die Maschine gehörte zum sogenannten aviochemischen Flugdienst, der von der agrarflug betrieben wurde, einem Subunternehmen der Interflug. Die kleinen Maschinen wurden in der Land- und Forstwirtschaft der DDR zur Düngung, Schädlingsbekämpfung und Unkrautvernichtung, aber auch zur Aussaat eingesetzt. Allerdings lag die beste Zeit wohl schon hinter dem Unternehmen. Als in den 60er und 70er Jahren die Felder immer größer wurden, machte es offenkundig Sinn, diese aus der Luft zu bearbeiten. Doch zunehmend erwies sich die gewaltige Konzentration von Feldbau oder Viehzucht in gigantischen Komplexen als unsinnig: Die Felder waren nicht nur riesig geworden, sondern lagen auch immer weiter entfernt von den Betrieben. Das hatte zur Folge, daß die Bauern immer mehr Zeit brauchten, um auf den Acker zu kommen; nicht zu reden von dem Kraftstoff, der für ihren wie auch für den Transport der Saat, des Düngers, der Ernte etc. verbraucht wurde. Die riesigen Tierherden verschlangen soviel Futter, wie es in der gesamten Region nicht gab – es mußte auf immer weiteren Wegen herangebracht werden. Ganz zu schweigen von der anfallenden Gülle, die traditionell entsorgt wurde. Kurzum: Es zeigten sich infrastrukturelle Probleme, die nur durch Rückbau behoben werden konnten. In der Landwirtschaft der DDR kehrte man zu kleineren Betrieben zurück, in denen wieder Ackerbau und Viehzucht als Einheit betrieben wurden. Damit reduzierten sich auch die Einsatzmöglichkeiten der Agrarflieger. Hinzu kamen Untersuchungen, die die Effizienz ihrer Einsätze infrage stellten. Mit Landwirtschaftsmaschinen, die über den Acker fuhren, ließen sich Dünger oder Pflanzenschutzmittel wesentlich präziser verteilen und dosieren, als es aus dem Himmel geschah. Feldraine traf man da nicht immer sehr genau. Gleichwohl hatte die Agrarfliegerei Vorteile und darum unverändert ihre Berechtigung. Ein Flugzeug hinterließ auf dem Acker keine Spuren wie etwa ein schwerer Traktor, und den Borkenkäfer im Wald konnte man nur aus der Luft bekämpfen. Und darum brummten noch immer etliche der aus Osteuropa stammenden Einpropeller-Maschinen am Himmel der DDR.

Nach den Regeln der Wahrscheinlichkeit mußte es auch hier Unfälle geben. Mal wurde eine übersehene Überlandleitung dem Flieger zum Verhängnis, ein andermal ein Pilotenfehler. Oder, wie in diesem Falle also, ein technischer Fehler. Dieser konnte auf normalen Verschleiß oder auf schlechte Wartung zurückzuführen sein. Oder, was die Frage im Anschreiben indirekt signalisierte, auch auf einen Anschlag, daß also jemand am Flugzeug mit einer bestimmten Absicht manipuliert hatte. So etwas war ein Fall für die Kriminalisten und, wie hierzulande üblich, auch für die Staatssicherheit. In anderen Ländern gab es dafür den Staatsschutz. Denn die Interflug, vormals Lufthansa, war ein staatliches Unternehmen – bei einem Anschlag mußte auch ein politischer Hintergrund in Erwägung gezogen werden.

Vermutlich erklärte das, weshalb man uns mit Informationen derart kurzgehalten hatte.

Auf Nachfrage jedoch gewährte man mir Einblick in die fotografische Ereignisortdokumentation, ich konnte auch eine andere Maschine mit funktionsfähigem Steuersystem besichtigen, um mir per Augenschein Vorstellungen von den Abläufen machen zu können.

Mir lag die Gelenkeinheit – bestehend aus der Halterung mit Schwenkhebel und den daran befestigten Gabelköpfen der Stoßstangen – vor. Ein Gabelkopf war gebrochen, die Halterung des Schwenkhebels deformiert. Die Rückwand der Halterung war ursprünglich mit den Verstrebungen der Tragfläche vernietet. Die Nieten jedoch waren abgeschert.

Ich studierte den beigefügten Ersatzteilkatalog, der auch detaillierte Abbildungen der Installation der einzelnen Baugruppen enthielt. Und machte dabei eine wesentliche Entdeckung: Die relevante Stoßstange im Flugzeug gehörte offenkundig nicht an jenen Ort, an dem sie gebrochen war. Es gab erkennbare Abweichungen von der Zeichnung im Katalog. Die beiden Stoßstangen schienen verwechselt worden zu sein. Ich formulierte meine Feststellung im Gutachten jedoch indirekt: »Die Gleichheit der Bauteilgeometrie der betreffenden Gabelköpfe beider Stoßstangen und der Wälzlager im Schwenkhebel läßt eine Vertauschung zu.«

Sodann wandte ich mich dem Bruch zu. Seine Untersuchung unter dem Mikroskop offenbarte eine Struktur, für die wir die Bezeichnung »verformungsarmer Zähbruch« erfunden hatten. Dieser trat auf, wenn ein relativ zäher Werkstoff aufgrund von Kerbwirkungen und/oder hoher Beanspruchungsgeschwindigkeit abrupt getrennt wurde, ohne daß zuvor eine Änderung der Bauteilgestalt erfolgte. Ältere Anrisse, Querschnittsschwächungen oder andere Hinweise auf einen Dauerbruch konnte ich nämlich nicht feststellen.

Trotzdem ließ ich vom Zentralinstitut für Schweißtechnik in Halle (ZIS) die statische Zugbelastung im Gabelkopf einer Strebe testen. Wie mir die Kollegen am 1. Juli 1987 schriftlich bestätigten, gab es beim Zugversuch keine Dehnung des Gabelkopfes und der Strebe. »Der Bruch – Abscheren der Hohlnieten – erfolgte bei einer Belastung von 1.265 Kilopond. Die Ist-Scherkraft liegt wesentlich unter der errechneten Scher- und Zugkraft (q.e.d.). Ein Bruch des Schadensteiles im Querschnitt A3 durch reine Zugbeanspruchung ist damit unwahrscheinlich, offensichtlich haben größere Biegebeanspruchungen daher diesen Bruch verursacht«, schlußfolgerten die Materialprüfer vom ZIS und gaben mir damit Recht. Eine korrekt eingebaute Stoßstange wäre nicht gebrochen, hieß das nämlich im Klartext.

Der Bruch erfolgte in jenem Bereich, wo das rechte Fahrwerk nach oben in die Tragfläche drückte. Die Nieten wurden zudem ebenfalls von unten abgeschert. Und es gab weitere Spuren der Beschädigungen an dieser Baugruppe in dieser Bewegungsrichtung. Damit stand für mich fest, daß es durch den Einbau einer falschen Stoßstange zum Crash gekommen sein mußte. Beim Aufsetzen hatte das Fahrwerk nicht den erforderlichen Spielraum bekommen. Es scherte die Nieten ab, es kam zum Bruch des Gabelendstückes mit den entsprechenden Folgereaktionen.

So direkt durfte ich es natürlich nicht formulieren. Ich schrieb daher wissenschaftlich gestelzt (wie ich es heute nicht mehr tun würde): »Die Gabelkopffraktur der querruderseitigen Stoßstange erfolgte aufgrund statischer Überbeanspruchung, die überwiegend durch Biegung hervorgerufen wurde. Die Werkstofftrennung erfolgte in Fahrtrichtung 30 bis 40° nach oben geneigt.«

Damit hatte ich alles gesagt.

Ob nun der Einbau des falschen Stoßstange aus Unwissenheit oder Schlamperei erfolgt war, ob Vorsatz (im Sinne von Sabotage) oder Materialmangel die entscheidende Rolle gespielt hatte, konnte ich nicht beweisen. Das mußten die Untersuchungsorgane selbst ermitteln.

Doch ich war davon überzeugt, daß auch hier das zentrale Problem der DDR zu Buche geschlagen hatte: fehlende Ersatzteile. So hatte man vielleicht nicht die erforderliche, sondern eine vorhandene Stoßstange eingebaut. Und das war keine rechte, sondern eine linke.

Die Folge: ein völlig zerstörtes Flugzeug. Aus der Sicht der Werkstatt: ein willkommener Ersatzteilspender. Es war, wie stets, eine Frage der Perspektive.

Vierzehn Jahre später bekam ich es erneut mit einem Flugzeug zu tun. Die Beteiligten glaubten, daß auf sie in der Luft geschossen worden war, und einige Indizien schienen ihren Verdacht zu belegen, weshalb die Polizei eine Strafanzeige wegen »Gefährlichen Eingriffs in den Luftverkehr gemäß § 315 Abs. 1, Satz 1 bzw 4« gegen Unbekannt aufnahm.

Das passierte am 17. September 2001.

Wir erinnern uns: Sechs Tage zuvor waren in New York zwei Flugzeuge ins World Trade Center und eins ins Pentagon bei Washington gekracht. War eine Hysterie über den Großen Teich geschwappt? Washington hieß hier Werneuchen, Osama bin Laden hatte im Oderbruch zugeschlagen die Vermutung.

Natürlich dachte und sagte niemand so etwas, doch behauptete keiner, daß die Nachrichten über die Anschläge in Amerika gänzlich ohne Wirkung auf die Psyche blieben. Und sei es nur, daß man sensibler als sonst üblich reagiert.

Am 17. September 2001, einem Montag, flogen Joachim Dieckmann und Marcus Wilhelm bei schönem Wetter eine Runde über dem Flugplatz Werneuchen. Der Berliner Dieckmann, 50 Jahre alt und seit einem Jahr Witwer, arbeitete an der Flugschule Werneuchen als Lehrer. Er war vergleichsweise neu im Geschäft. Im März vor zwei Jahren erst hatte er das Fliegen erlernt, im März 2001 seine Fluglehrerberechtigung erworben. Seither bildete er sechs Flugschüler aus, darunter den 25-jährigen Marcus Wilhelm aus Seefeld.

Dieser habe, so gab Dieckmann am 20. September bei seiner Zeugenvernehmung zu Protokoll, seinem Vorschlag zugestimmt, eine Platzrunde zu drehen. Wilhelm wäre nach 16 Uhr auf dem inzwischen völlig verwaisten Platz erschienen, der Hallenwart Karl-Heinz Matthäi bereits nach Hause gegangen. Sie hätten das Tor allein geöffnet und die Maschine – ein Ultraleichtflugzeug amerikanischer Herkunft mit dem Kennzeichen D-MFFA – aus dem Hangar geschoben. Dieses Fluggerät, Baujahr 1993, gehörte seit Februar 2000 Christina Jokwitz, der Ausbildungsleiterin im Flugsportverein Werneuchen e.V. und Ehefrau von Robert Jokwitz, dem Zweiten Vorsitzenden des Vereins, einem Bau- und Vermessungsingenieur. Erster Vorsitzender war Dieckmann, ein ausgebildeter Kfz-Schlosser. Der Verein respektive die Schule verfügte über drei Flugzeuge des gleichen Typs. Das zweite gehörte Wolfgang Dobias aus Neuenhagen, das dritte im Verhältnis 60:40 Dieckmann und dem Ehepaar Jokwitz aus Berlin-Tiergarten. Das erwähne ich nur der Vollständigkeit halber – für den konkreten Fall sind diese Fakten unerheblich.

Der Ausbildungs- und Flugbetrieb in Werneuchen erfolgte auf der Basis individueller Absprachen; am Wochenende herrschte meist Hochbetrieb, am Montag und Dienstag blieben die Maschinen im Hangar 7. Diesen teilte man sich mit einem weiteren Flugsportverein. In unmittelbarer Nähe des Hangars – Dieckmann sprach von »etwa 100 m« – besaß die Schützengilde Werneuchen ihren Schießstand. Da dort nur samstags und mittwochs nach 19 Uhr geschossen wurde, herrschte folgerichtig Ruhe, als sich Fluglehrer und -schüler in die Sitze schwangen, nachdem sie vorschriftsmäßig Fahrwerk, Propeller und Tragflächen überprüft hatten. Sie hätten nichts Auffälliges festgestellt, sagte Dieckmann. Nach Abarbeiten der Checkliste wäre der Motor in Gang gesetzt worden und der Start erfolgt. Nachdem sie die Nordplatzrunde absolviert hatten, was ungefähr vier bis fünf Minuten dauerte, kreisten sie in östlicher Richtung von der Landebahn. Bei der dritten Runde passierte folgendes:

»Wir befanden uns in ca. 800 Fuß Höhe, das sind ca. 280 m, da hörte ich trotz des Kopfhörers einen dumpfen Schlag gegen die Unterseite des Flugzeuges. Man könnte es vergleichen mit einem Schlag auf eine Pauke, nur nicht so laut. Zur gleichen Zeit bildete sich an der Unterkante des Flugzeuges ein Riß, durch den Luft einströmte. Im Motor war eine leichte Unwucht zu spüren.«

Dies wäre ihm bei seiner bisherigen Flugpraxis, immerhin rund 250 Stunden, noch nie passiert. Er hätte auch noch keinen Zusammenstoß mit Vögel erlebt, insofern besäße er auch keine Vergleichsmöglichkeit.

Nach der Landung stellte er am unteren Teil des Rumpfes in der Leinwandbespannung einen ca. 20 cm langen und etwa 10 cm breißen Riß (»Dreiangel«) fest. Weitere Beschädigungen waren nicht zu erkennen. An einem der drei Propellerblätter fehlte jedoch die Schlagkante, und an einem weiteren war die äußere Spitze beschädigt. Das Blatt mit der abhandengekommenen Kante wies auf der Rückseite »eine etwa 3 cm breite und 3 mm tiefe Verformung« auf sowie »einige wenige Kratzer«.

Auf die Frage des Polizeibeamten, worauf Dieckmann die Beschädigungen zurückführe, antwortet dieser, daß der Riß im Rumpf von der angerissenen Schlagkante verursacht worden sein könnte. »Ob sich die Propellerschlagkante durch Materialverschleißerscheinungen oder durch andere Einwirkungen von außen gelöst hat, kann ich nicht sagen.«

Das jedoch vermochte Robert Jokwitz, der eine halbe Stunde vor Dieckmann vernommen worden war und der auch die Anzeige erstattet hatte. Jokwitz hatte am Mittwoch, also zwei Tage nach dem Zwischenfall und ein Tag vor seiner Vernehmung, »die Schäden persönlich in Augenschein genommen. Am Propeller fehlte die ca. 20 cm lange Metallschlagkante eines Blattes. An der inneren Seite dieses Propellerblattes befindet sich eine rechtwinklig verlaufende Nut, die an einen Streifschuß erinnert. Die Nut geht über das gesamte Blatt.«

Auch an anderer Stelle hatte Jokwitz schon erklärt, »daß eventuell ein Schuß von unten oder ein Vogelschlag für die Beschädigungen in Frage kommen«. Da aber Dieckmann explizit erklärt hatte, daß keine Vögel in der Nähe gewesen seien, schieden diese aus. Blieb also nur »ein Schuß von unten«.

Ein Versicherungsbetrug lag kaum vor. Jokwitz bezifferte den Schaden mit rund 1 200 DM. »Das ist ungefähr ein Propellerpreis. Die Außenhaut kleben wir.« Und da er eine Selbstbeteilung von 4 000 DM hatte, mußte er den Schaden nicht einmal seiner Versicherung in Dortmund melden.

Sowohl er wie auch Dieckmann erklärten, daß sie mit niemandem auf dem Flugplatz Ärger hätten, der vielleicht Anlaß für den »Beschuß« hätte sein können. Auch mit der Schützengilde gäbe es keine Probleme, er selber habe dort schon wiederholt geschossen, sagte Jokwitz. Außerdem betrüge die Distanz vom Schießplatz bis zum Ort des Zwischenfalls an die zwei Kilometer …

Am 20. September wurde ich über den Fall telefonisch in Kenntnis gesetzt. Anderentags ging mir der von Oberstaatsanwalt Dr. Oeser in Frankfurt/Oder erteilte Auftrag schriftlich zu. Ich sollte klären, ob die Beschädigungen am Propeller von einem ballistischen Objekt, also von einem Projektil einer Feuerwaffe, stammen könnte. Dazu wurde mir das demontierte Propellerblatt übergeben. Und nachdem ich bei einem Ortstermin im Hangar 7 gemeint hatte, daß »mehr gegen als für ein Schußereignis« spreche, wurde der Auftrag erweitert. Ich solle die Beschädigung eingehend charakterisieren und bei der Klärung der Entstehungsursache mitwirken.

Dazu wurden mir später noch 25 Blatt diverse gebrauchte und zwei Blatt ungebrauchte Schleifpapiere ausgehändigt, etwas Glasfasermatte, eine Tube »Tangit«-Kleber, eine Tube Profilgummikleber, eine Tube »Saladur«-Kleber sowie eine Tube »Preso«-Polier- und Schleifpaste, alles bereits angebrochen.

Die Propellerblätter bestanden aus einem laminierten Glas-Vlies-Harzgemisch, die Schlagkante aus einer 0,1 mm dicken Folie aus rost- und säurebeständigem Edelstahl, die sich nur schwer und irreparabel vom Blatt entfernen ließ. Ich stellte fest, daß nicht nur die glasfaserverstärkte Kunststoffoberfläche des Propellerblattes, sondern auch tieferliegende Laminatstrukturen aufgerissen worden waren. In unmittelbarter Umgebung der schartenartigen Beschädigungen entdeckte ich zahlreiche ungerichtete Schleifriefen. Da hatte schon mal einer mit Schleifpapier Hand angelegt. Ich stellte verschiedene Vergleiche und Untersuchungen an, um dann zu den nachfolgenden Schlußfolgerungen zu gelangen.

»1. Die Beschädigung am Propellerblatt Nr. 3 ist nicht mit dem Auftreffen eines Projektils auf den mit ca. 1800 Umdrehungen je Minute rotierenden Propeller erklärbar. Ein Schußereignis wird als Ursache für die Entstehung der Fehlstelle ausgeschlossen.

2. Die textile Rumpfbespannung ist als Dreiangel von hinten nach vorn eingerissen. Damit scheidet eine Verursachung des Risses durch Teile, die sich vom Propeller während des Fluges gelöst haben könnten, aus.«

Das Blatt, so führte ich weiter aus, sei von einem kantigen und zudem relativ festen Gegenstand beschädigt worden, und zwar »von einem Festkörper ohne Eigenbewegung, den das Blatt bei geringer Drehzahl gestreift hat [...] Ob es sich bei dem Verursacher der Beschädigung des Propellers und der Stoffbespannung um den gleichen Gegenstand bzw. das gleiche Ereignis gehandelt hat, bleibt offen. Es deutet aber alles darauf hin, daß die Beschädigungen nicht in der Luft, sondern am Boden erfolgt sind. Eine spurenbildliche Übereinstimmung mit dem angeblichen Sachverhalt kann jedenfalls nicht festgestellt werden. Ein gescheiterter Reparaturversuch ist hingegen offensichtlich.«

Zu dieser Behauptung hatten mich die Schleifriefen auf der Blattoberfläche geführt, die morphologisch mit dem mir zugestellten Schleifpapier P 180 übereinstimmten. Am Blatt fanden sich überdies Klebstoffanhaftungen, die aus der angebrochenen »Tangit«-Tube stammten.

Ich formulierte mein Gutachten so, daß erkennbar war, was ich dachte. Hier war eine Panne passiert, die jemand – vermutlich der oder die Verursacher – zu beheben versucht hatten, daran aber gescheitert war. Darum schloß ich mit der sibyllinischen Feststellung: »Insgesamt muß infrage gestellt werden, daß die Wiederherstellung der ursprünglichen Gebrauchseigenschaften durch eine Vor-Ort-Reparatur gelungen wäre.«

Also: Osama bin Laden hatte einen Bogen ums Oderbruch geschlagen. In Werneuchen war nichts geschehen. Schon gar nicht ein gefährlicher Eingriff in den Luftverkehr, den man gemäß § 315 StGB hätte verfolgen müssen.

Die Anzeige landete im Papierkorb.

Die Kosten für die gleichermaßen aufwendigen wie überflüssigen Untersuchungen trugen, wie immer, die Steuerzahler.

Wandernde Schienen

DDR-Bürger, also zumeist Rentner, die mit der Bahn die Bundesrepublik besuchten, merkten selbst im Schlaf den Grenzübertritt. Sobald das heimatliche Territorium erreicht war, begann das vertraute Rattern auf unseren Schienenstößen. Die Bundesbahn verlegte seit geraumer Zeit ihre Gleise lückenlos, während die Schienen der Deutschen Reichsbahn noch die alten Lücken aufwiesen.

In der Schule lernte jedes Kind im Physikunterricht, weshalb das so war: Jede Materie, auch eine Schiene aus Stahl, dehnt sich bei Wärme aus, bei niedrigen Temperaturen zieht sie sich zusammen. Daher ließ man zwischen den Schienen ein wenig Platz, was zu diesem typischen Tacktacktack führte, wenn die Räder über die Stöße rollten.

Das war nicht sonderlich angenehm für Reisende wie für die Anwohner, aber durchaus erträglich: Am Rattern ist gewiß niemand zugrundegegangen.

Gleichwohl: Der Mensch trachtet fortgesetzt nach Bequemlichkeit und Komfort, nichts ist so gut, daß es nicht noch besser gemacht werden könnte. Irgendwann meinte man, daß man Schienen lückenlos verschweißen müßte, damit es leiser auf den Gleisen würde. Und auch aus Sicherheitsgründen schien das erforderlich: Die Züge sollten immer schneller ihren Zielen entgegendonnern, da waren Lücken nicht nur lästig, sondern gefährlich.

Doch dieser Wunsch setzte nicht zwangsläufig das Wirken physikalischer Gesetze außer Kraft: Wenn es im Sommer heiß wurde, dehnten sich nun mal die Schienen aus. Mathematisch wurde errechnet, wie stark der Druck des Metalls bei seiner Ausdehnung würde. Ergo mußte die Kraft, die die Schiene auf den Schwellen hielt und diese wiederum im Schotterbett, erheblich größer sein. Wenn man dies berücksichtigte, durften also fehlende Stöße keine Probleme bereiten.

Die DB war in dieser Hinsicht ein wenig schneller als die DR, doch in den 60er Jahren begann man auch hierzulande die Gleise zu erneuern. Sukzessive und zunächst auf den Interzonenstrecken, die zwar nicht so hießen, aber von jedem so genannt wurden, der sie benutzte. Die Bezeichnung stammte, natürlich, aus der Nachkriegszeit, als Deutschland aus Besatzungszonen bestand und man von der einen in die andere nur mit einem Interzonenpaß wechseln konnte. Dazu benutzte man die Interzonenzüge, die beispielsweise von Frankfurt am Main bis Frankfurt an der Oder fuhren. Oder von Hamburg nach Berlin und zurück, oder von Düsseldorf nach Chemnitz, das seit 1953 Karl-Marx-Stadt hieß.

Zwar gab es seit 1949 keine Zonen mehr, sondern zwei deutsche Staaten mit unterschiedlichen Gesellschaftssystemen, doch manche Begriffe hielten sich eben hartnäckig.

Die Eisenbahnstrecke, die durch Erfurt führte und bei Gerstungen die Staatsgrenze passierte, gehörte zu den ersten, die auf diese Weise erneuert und elektrifiziert wurden. Offiziell war der Startschuß bereits 1967 gegeben worden (»Zentrale Oberbau-Erneuerung – K-Bau mit Hartholzschwellen und lückenlos verschweißten Schienen S 49«), doch der Gleisbaubetrieb Naumburg kam mit seinem Bauzug 401 erst im November 1978 bis zum Kilometer 114. Das war ungefähr in Höhe des Bahnhofs Erfurt-Bischleben.

Kurz vor Weihnachten, in der Woche zwischen dem 10. und

16. Dezember 1978, erfolgten Verspannung und Schlußschweißung (»nach künstlicher Erwärmung auf 18°C«), dann wurde der Verkehr freigegeben. Der Termin war keineswegs zufällig: Die DDR achtete immer darauf, daß vor Feiertagen noch irgendetwas fertiggestellt wurde. Das unterschied sie von dem anderen deutschen Staat: Heutzutage haben Feiertage oder Ferien keinen Einfluß auf das Bautempo. Mitunter scheint sogar, daß eine gewisse Neigung besteht, besonders gern vor Beginn der Urlaubssaison oder vorm Jahreswechsel Autobahnen aufzuhacken und Schienenersatzverkehr einzurichten, damit möglichst viele Menschen davon Notiz nehmen, daß hier etwas passiert. Als ich im Sommer einmal mit dem Auto von Frankreich nach Hause kam, ging es mir wie weiland den DDR-Rentnern im ratternden Zug. Bei Saarbrücken passierte ich die Grenze – und sofort begann sich Baustelle an Baustelle zu reihen, wobei nicht einmal erkennbar war, ob auch überall tatsächlich gebaut wurde.

Das lückenlose Gleis durch Erfurt wurde anderthalb Jahre genutzt. 18 Monate donnerten D-Züge mit 120 km/h darüber, bis es am 11. Juni 1981 krachte. Oder wie die Zeitungen in der von ADN normierten Vorgabe schrieben: Es kam zu einem folgenschweren Verkehrsunfall, bei dem Menschen zu Schaden kamen.

Obgleich ich persönlich nicht in die Untersuchungen involviert war, studierte ich den Fall später am Kriminalistischen Institut der Deutschen Volkspolizei. Dieses war am 15. Juni vom Staatsanwalt des Bezirkes Erfurt und dem Leiter der Abteilung Kriminalpolizei der BDVP Erfurt beauftragt worden, in einem Gutachten die Frage zu beantworten: »Welche Ursachen und Bedingungen führten am 11. Juni 1981 zur Gleisverwerfung im Bereich des Bahnhofes Erfurt-Bischleben?«

Bekannt war, daß 16.50 Uhr bei der Passage des Vorortbahnhofs der D 1453 entgleiste. Der D-Zug kam aus Düsseldorf und fuhr nach Karl-Marx-Stadt. Die zehn Reisewagen waren zu etwa 70 Prozent besetzt. Ab Waggon drei sprangen alle nachfolgenden aus den Gleisen, Wagen vier und fünf stürzten die Böschung hinunter. Es gab eine Reihe von Verletzten, 14 Menschen starben. Der Triebwagenführer berichtete, er habe kurz hinter dem Bahnhof eine Gleisverwerfung gesehen und daraufhin eine Schnellbremsung eingeleitet. Daß ihn sein Augenschein nicht getrogen hatte, konnte nach dem Unfall bestätigt werden. Beginnend mit km 114,120 hatten sich die Schienen aus ihrer Lage verschoben.

Umgehend war, wie in solchen Fällen üblich, eine Sachverständigenkommission gebildet worden, die die Ursachen aufklären sollte. Ihr gehörten an: Mitarbeiter des Kriminalistischen Instituts der Deutschen Volkspolizei in Berlin, ein Vertreter der Zentralen Leitung der Deutschen Reichsbahn, Hauptverwaltung Bahnanlagen Berlin, ein Wissenschaftler vom Zentralen Forschungsinstitut des Verkehrswesens, Institut für Eisenbahnwesen Magdeburg, Sektion Eisenbahnanlagen (Dipl.-Ingenieur Hasak) sowie ein Sachverständiger der Reichsbahndirektion Erfurt, Verwaltung Oberbau und Strecken (Bauingenieur Krohn). Das waren ausnahmslos Leute vom Fach.

Das Kriminalistische Institut konnte sich bei seiner Untersuchung bereits auf Gutachten von Reichsbahn-Rat Hasak und Reichsbahn-Oberrat Krohn sowie auf Zeugenaussagen, Bauunterlagen, Arbeitsunterlagen und andere Dokumente stützen.

Dort war präzise nachgewiesen, welche Kräfte in einer Schiene bei sommerlicher Wärme wirkten. Man hatte Werte von über 10 Megapond errechnet. »Daraus leiten sich hohe Anforderungen an die Bettung, d. h. an die vertikale und horizontale Stabilität der Gleisanlage, ab. Die aus Gleisschotter bestehende Bettung muß den Schwellen einen so hohen Längs- und Querschiebewiderstand entgegensetzen, daß in Verbindung mit einer kraftschlüssigen Schienenbefestigung ein maximaler Durchschub- und Verdrehwiderstand erreicht wird. Sind auftretende Schienenspannungen größer als der entgegenwirkende Längs- und Querschiebewiderstand des Geisbettes, kann eine Gleisverwerfung auftreten«, hieß es eingangs im Gutachten des Kriminalistischen Instituts. Es gab – hier Deutschland, hier Ordnung – eine Vielzahl von Vorschriften zum Bau, zur Überwachung und der Wartung lückenloser Gleise. Im Regelwerk existierte ebenfalls keine Lücke.

So war beispielsweise festgelegt, daß das Verschweißen der Schienen bei Temperaturen zwischen 12 und 25°C zu erfolgen habe, denn nur dann sei Spannungsfreiheit gesichert. Vorgeschrieben waren auch die Herstellung und die Verdichtung des Schotterbettes. Die Schwellen durften »seitlich und vor Kopf nicht sichtbar sein«.

Im Abstand von sechs Monaten waren Längsverschiebungsmessungen vorzunehmen. Traten Differenzen zur letzten Messung auf, die mehr als 10 mm auf 500 Meter betrugen, waren sofort die Ursachen zu ermitteln und zu beseitigen. Dazu gehörte das Verspannen des Kleineisens, zusätzliches Einbringen von Schotter und die Verdichtung der Bettung.

Soweit die Theorie.

Die Praxis war am Unfallort zu besichtigen.

Zunächst nahm man eine Messung vor. Die Meßstelle befand sich zwischen Weiche 1 am km 113,660 und Weiche 16 am km 114,750. (Die Entgleisung erfolgte bekanntlich bei km 114,120.)

Gemessen wurde mit einem mechanisch-optischen Setzdehnungsmesser (MOS). Die ermittelten Werte bei Druckspannung und Druckkraft, Zugspannung und Zugkraft lagen weit unter den zulässigen Werten, wiesen aber – wie es im Gutachten hieß – »auf eine Schienenwanderung in Richtung der Weiche 1«.

Dann aber schien man die eigentliche Ursache gefunden zu haben. »Die Überprüfung des Gleisabschnittes im Bereich des Bahnhofes Erfurt-Bischleben ergab am Gleis 1, daß ein großer Teil der Schwellen bis ca. 30 mm unterhalb der Schwellenoberkante freilagen, so daß auf eine Verminderung der Längs- und Querschiebewiderstände geschlußfolgert werden muß.«

Sodann wurde bei 200 Schwellen der Vorspannungszustand überprüft. »Dabei wurde festgestellt, daß ca. 20 Prozent der Hakenschrauben entweder locker waren oder fehlten.«

Offenkundig war man damit einer nachlässigen Schlamperei auf die Spur gekommen.

Und folglich wurde man beim Weitersuchen fündig. In der Oberbau-Verordnung war die Errichtung von Meßpunkten zwingend vorgeschrieben: »Je 50 Meter vor und nach Wegübergängen, Weichen, stark geneigten Gleisabschnitten, Tunneln und dem Wechsel Damm – Einschnitt, dem Wechsel der Schwellenart«.

Und: »Der maximale Meßpunktabstand beträgt 500 Meter. Ergeben sich zwischen den vorstehend aufgeführten Meßpunkten größere Abstände, sind zusätzliche Meßpunkte zwischenzuschalten.«

Schließlich: »Unmittelbar im Anschluß an das Verspannen ist eine Meßmarke (Körnerschlag) an der Schienenkopfaußenseite anzubringen […] Danach wird die erste Messung […] ausgeführt und […] in Vordruck 4 eingetragen […]

Längsverschiebemessungen sind mindestens im Abstand von 6 Monaten vom Streckenmeister vorzunehmen, vom Technischen Büro der Bahnmeisterei, getrennt für beide Schienenstränge, in die grafische Darstellung der Längsverschiebemessungen (Vordruck) aufzunehmen und dem Vorsteher der Bahnmeisterei zur Entscheidung über die einzuleitenden Maßnahmen vorzulegen.«

Wenn man sich nach all den Vorschriften gerichtet hätte, müßten also auf dem relevanten Streckenabschnitt mindestens drei Meßpunkte existieren.

Bis zum Umbau im November 1978 gab es zwei, und nachdem der Naumburger Bauzug durchgezogen war, nur noch einen.

Die letzte Messung datierte vom 6. August 1980. Verglich man die damals notierten Daten mit denen der vorletzten Messung am 6. März 1980 fiel auf, daß eine Schienenverschiebung aufgetreten war. Bei 37° C registrierte das Technische Büro der Bahnmeisterei am Meßpunkt 113,934 bei der linken Schiene eine Verschiebung von 22 Millimeter und bei der rechten von zwölf. Und das in lediglich fünf Monaten! Das war ein klarer Beweis dafür, daß der Oberbau nicht mehr in der Lage war, die infolge der hohen Temperaturen auftretenden Längskräfte der Schienen aufzunehmen, schloß die K.

In den Unterlagen des Technischen Büros und des Vorstehers der Bahnmeisterei fanden sich allerdings keine Signaturen oder Eintragungen verantwortlicher Mitarbeiter, daß man diesem Problem nachgegangen wäre – also Nachspannen der Befestigungen, Einschottern oder Einbau zusätzlicher Wanderschutzklemmen. Danach herrschte Leere in den Papieren.

Bis zum Unfall zehn Monate später war offenkundig keine weitere Messung vorgenommen worden.

Das Gutachten des Kriminalistischen Instituts kam folgerichtig zum Schluß, daß mindestens drei Faktoren zu dieser »nichterkannten Schienenwanderung« geführt hatten, bei der 14 Menschen ihr Leben verloren:

Fehlende Meßpunkte, d. h. unzureichende Kontrollmöglichleiten), Ignoranz gegenüber Anzeichen einer Schienenwanderung, die am 6. August 1980 festgestellt worden war, sowie die Nichteinhaltung der vorgeschriebenen Meßzeiten.

Ich vermute, daß nach diesem sachlichen, gleichwohl vernichtenden Gutachten einige leitende Mitarbeiter der DR zur Verantwortung gezogen wurden.

Doch auch das stand nicht in der Zeitung.

Um Wiederholung zu vermeiden, wurde in der Eisenbahnzentrale angewiesen, alle Strecken gemäß Vorschrift mit Meßpunkten zu bestücken und dort auch regelmäßig aller sechs Monate Messungen vorzunehmen.

Meines Wissens hat es bis zum Ende der DDR keine weiteren Eisenbahnunglücke gegeben, die auf Verwerfungen lückenloser Gleise zurückzuführen gewesen wären.

Doch auch jenes in Erfurt-Bischleben 1981 war, wie wohl die meisten Katastrophen, vermeidbar. Es hätte nur jeder das tun müssen, wofür er angestellt worden war und bezahlt wurde.

Ähnlich verhielt es sich Jahre später mit dem ICE »Konrad Röntgen«, der in Niedersachen verunglückte. Dort hatte man »vergessen«, die Außenringe der Räder regelmäßig zu messen, wie es vorgeschrieben war. Sonst wäre rechtzeitig bemerkt worden, daß der Reifen gewechselt werden mußte.

Dieses Versäumnis kostete 101 Menschen das Leben.

Auf der Kriechspur

Das Jahr 1987 war vermutlich das entscheidende, das zum Untergang der DDR führte. In Moskau signalisierte Gorbatschow dem Westen, daß er über den Verbleib der DDR im Warschauer Vertrag nachdenke – und im Rubenssal des Berliner Bode-Museums brannte ein Luftbefeuchter. Dort wurde, das war besonders pikant, gerade die Ausstellung »Schätze des Moskauer Kreml« gezeigt.

Der Luftbefeuchter (Typ B 400 electronic) stammte von einer Firma aus der Bundesrepublik.

Der Saal wurde, da es Nacht war, mit einer Technischen Sicherungsanlage (»TSA«) gesichert und hätte möglicherweise Schaden genommen, wenn nicht Kollege Böttger, der Sicherungsposten (umgangssprachlich würde man sagen: der Nachtwächter), ein merkwürdiges Knacken in seinem Radio vernommen und im unteren Türspalt zum Rubenssaal einen flackernden Lichtschein gesehen hätte. Er schaltete die Anlage aus und griff beherzt zum Feuerlöscher, um den brennenden Luftbefeuchter unter einem Pulverberg zu begraben.

Der Vorfall wäre nicht der Rede wert gewesen, schließlich hatte es keinen Schaden gegeben – sah man einmal von dem B 400 electronic ab und dem Pulverlöscher, die beide ersetzt werden mußten.

Doch die bizarre Konstellation und die weltpolitische Lage erforderten großes Aufgebot. Auch das waren Indizien für nahende Veränderungen: je kleiner die Angelegenheit, desto größer die darauf verwandte öffentliche Aufmerksamkeit. Wir erleben es ja heutzutage wieder: Ein Gerhard Schröder adoptiert ein russisches Waisenkind in St. Petersburg – und 85 Millionen Menschen haben daran Anteil zu nehmen.

Das Kriminalistische Institut der Deutschen Volkspolizei – inzwischen »Träger des Vaterländischen Verdienstordens in Silber«, wie es auf seinen offiziellen Papieren mitteilte – erhielt am 31. Juli »von oben« den Auftrag, die Brandursache gründlich zu ermitteln und in einem Gutachten niederzulegen.

Dazu hatte man die Reste des verbrannten Luftbefeuchters und einen funktionsfähigen, diverse Schalttafeln aus typengleichen Geräten sowie Schaltungs- und Wartungspläne in die Hannoversche Straße gebracht.

Die Geräte standen wie hochkant gestellte Bananenkisten überall dort, wo die Luftfeuchtigkeit konstant auf einem bestimmten Niveau gehalten werden mußte. Vor allem alte Gemälde und Holzplastiken litten unter der zu trockenen Zentralheizungswarmluft. Das Holz bekam Risse, die Farbe platzte.

Die Gerätschaften basierten auf einem simplen Prinzip, weshalb es mich wunderte, daß die DDR sie nicht selbst produzierte. Auf der anderen Seite: So groß war der Bedarf trotz vieler Museen nun wohl denn doch nicht, daß es sich gelohnt hätte, eine eigene Produktion aufzubauen. Und um auf den internationalen Markt vorzustoßen, kam man wahrscheinlich zu spät: Dort hatte die Firma BRUNE aus Ludwigshafen bereits die Claims abgesteckt.

Der Luftbefeuchter kontrollierte über einen Meßfühler die Raumluft. Sank deren Feuchtigkeitsgehalt unter einen bestimmten Wert, schaltete sich ein Gebläse ein, das nunmehr die Luft durch einen Naßfilter ansaugte und befeuchtet wieder in den Raum abgab. Dazu existierte im Gerät ein Wasserkreislauf, der natürlich auch automatisch überwacht wurde, um zu verhindern, daß die Pumpe trocken lief, wenn das Wasser einmal verbraucht sein sollte. Das Gerät wurde mit zwei Drehschaltern bedient – einer zum Einschalten des Stroms, mit dem anderen wurde der Sollwert der Luftfeuchte eingestellt. Alles andere steuerte sich von allein. Ein Hygrostat schaltete den Lüfter automatisch ein oder aus.

Die Geräte waren mobil, das heißt, man konnte sie überall aufstellen, wo es eine Steckdose gab. Meist plazierte man sie in die Mitte des Raumes, damit sie die befeuchtete Luft durch ihre Schlitze im Plastikgehäuse in alle Richtungen abgeben konnten. Zugegeben, sie sahen nicht sonderlich aufregend aus und standen mitunter störend im Wege. Doch sie gehörten nun einmal zum notwendigen Equipment ordentlicher Ausstellungshäuser.

Das Oberteil des bewußten Gerätes war vollständig geschmolzen. Die Plaste hatte sich wie Lava über das Unterteil ergossen und dieses zu einem Klumpen gemacht. Im Speicher gluckerte beim Schütteln das Wasser. Nachdem wir es abgelassen und die Menge gemessen hatten – es waren 35 Liter–, konnte mit Bestimmtheit ausgeschlossen werden, daß die Pumpe sich heißgelaufen hatte. Es stand ausreichend Wasser im Kessel.

Ein – eventuell sogar politisch motivierter – Sabotageakt wurde von vornherein ausgeschlossen. Ich bin mir ziemlich sicher, daß man es in den Hochzeiten des Kalten Krieges gewiß anders gesehen hätte und wohl auch anders hatte sehen müssen. In den 50er Jahren registrierten die Untersuchungsorgane wiederholt üble Brandanschläge, die die DDR treffen sollten. Doch inzwischen war der Umgang miteinander ein wenig zivilisierter. Allenfalls ein Wirrkopf, wenn überhaupt, hätte die Ausstellung mit den Kreml-Kleinodien attackiert. Solche geistesgestörten Menschen sorgten weltweit für Schlagzeilen, indem sie etwa Säure auf kostbare Gemälde spritzten oder mit einem Messer Leinwände zerfetzten. Doch mittels eines brennenden Luftbefeuchters ein Museum in Brand stecken? Nein, die Vorstellung war denn doch zu abseitig, als daß man sie ins Kalkül gezogen hätte.

Aber mußte man nicht alle Möglichkeiten, auch die unwahrscheinlichsten, prüfen? Und deutete nicht das »allerhöchste Interesse« darauf, daß mehr dahinter vermutet wurde als zugegeben? Also doch Anschlag?

In meiner Erinnerung, oder sagen wir besser: nach meiner damaligen Kenntnis, begaben wir uns nicht auf diese Fährte. Den Leuten vom Fach schien alles von Anfang an klar. Nur ein technischer Defekt kam in Betracht. Doch welcher?

Wir kratzten als erstes die geschmolzene Plaste beiseite und legten die einzelnen Baugruppen frei. Diese wurden sodann genauestens inspiziert, Veränderungen registriert und dokumentiert. Der Lüftermotor war nahezu unversehrt, der Anker ließ sich leicht drehen. Nicht einmal das Fett in den beiden Lagern war verbrannt.

Das gleiche traf auch auf den Pumpenmotor zu. Lediglich die Anschlußleitung im Inneren war leicht angeschmolzen.

Am Motor des Ventilators waren die Plasteflügel geschmolzen und hatten sich über den Motor ergossen.

Am stärksten in Mitleidenschaft gezogen war die Schalttafel, jene aus Glashartgewebe bestehende Leiterplatte, auf der verschiedene Bauelemente steckten. Dort war alles verklebt und mußte mühsam auseinandergepult werden. Die intensivsten Zerstörungen fanden sich im Bereich zwischen Luftdrossel und Mikrotaster zur Überwachung des Füllstandes.

Die Kappe aus Polysterol über dem Kleinrelais war über

Kontakt und Spule festgeschmolzen. Die Kontakte schienen in Ordnung, es deutete nichts darauf hin, daß sie nicht funktioniert hätten.

Bei der Luftdrossel war auch nichts Auffälliges festzustellen, nichts wies auf eine unzulässige Erwärmung hin, was ein Indiz für einen erhöhten Übergangswiderstand gewesen wäre. Nein, nichts. Die beiden Lötstellen und die Spule waren in Ordnung.

Gleiches galt für die Kontakte der Mikrotaster des Hygrostaten und der Füllstandsüberwachung.

Ungewöhnlich hingegen schien uns, daß die Überwurfmutter vom Potentiometer des Drehzahlstellers einseitig stark angerostet war, obwohl die Mutter nicht im Wasser lag und in der Plastemasse eingebettet war.

Alles in allem schlossen wir, daß der Brand ausschließlich oberhalb der Schalttafel im Bereich der Leiterzugseite entstanden sein mußte. Hätte er seinen Ausgang im Abdeckkasten der Pumpe bzw. im Ventilatorschacht genommen, wäre die Abdeckkappe des Kleinrelais völlig verbrannt. Sie wies aber nur geringe thermische Einwirkungen auf. Also schieden die beiden Möglichkeiten definitiv aus.

Alle Motoren, Schalt- und Bauelemente zeigten keine Merkmale, daß sie sich im Betrieb unzulässig erwärmt hatten, etwa durch elektrische Fehlerleistungen oder durch Reibungswärme, die zur Entzündung von Plastmaterialien hätte führen können.

Folglich konzentrierten wir uns im weiteren auf die genaue Untersuchung der Leiterplatte. Dazu benutzten wir das mitgelieferte Vergleichsgerät. Auf das Glashartgewebe waren die Bahnen aus Kupferfolie aufgewalzt, 25 Mikrometer dünn und mindestens einen Millimeter breit. Sie ließen Ströme bis zu sechs Ampere hindurch, etwa wenn der Lüftermotor blockierte. Die Temperatur stieg dann, wie wir feststellten, auf etwa 70° C an – zu gering, um die Leiterplatte zu entzünden.

Nunmehr schritten wir zum Experiment.

Wir schraubten den Schachtdeckel des Gerätes ab und wischten die Leiterzugseite – die nach oben zeigte, die Bauelemente ragten nach unten – mit einem feuchten Tuch ab. Dann schalteten wir das Gerät an.

Das Wasser zwischen zwei Leiterzügen verdampfte, der Schutzlack löste sich an dieser Stelle auf. Es entstand nach einer Weile eine dünne Kohlebahn aus verbranntem Material, und diese Kohlebahn begann zu glühen. Wir zogen den Stecker, bevor die Platte völlig in Rauch aufging. Wir hatten genug gesehen. Die stärkste Ausbrennung befand sich unterhalb eines Spulenanschlusses der Drossel. Sie verlief in Richtung zweier benachbarter und teilweise weggebrannter Leiterzüge. Im Randbereich der lokal begrenzten Ausbrennung waren Reste eingetrockneter Feuchtigkeistränder zu erkennen.

Nahm man dazu noch die stark angerosteten Befestigungsschrauben des Mikrotasters, wie wir sie auch im verbrannten Luftbefeuchter gefunden hatten, konnte man sich leicht einen Reim darauf machen.

Der Befeuchter war wirklich einer. Doch an dieser Stelle hatte Wasser nichts zu suchen. Dennoch hatte es sich auf der Platte niedergeschlagen und dafür gesorgt, daß der elektrische Strom sich auch einen Weg außerhalb der dafür vorgesehenen Bahnen suchte. »Kriechstrom« nannte man das.

Der auf diese Weise entstandene Kriechstrom hatte sich immer tiefer in die Platte eingebrannt und schließlich das ganze Gerät im Museum entzündet.

Nunmehr stellte sich allerdings die Frage, wie die Feuchtigkeit in den Schacht gelangt war, wo die Schaltplatte hing. War es ein Konstruktionsfehler, oder lag es an den Betreibern, also den Mitarbeitern des Bode-Museums?

Die Firma in Ludwigshafen hatte eine Bedienungsanleitung mitgeliefert, in der sowohl die bei der Gerätereinigung zu erledigenden Aufgaben wie auch die Zyklen aufgeführt waren, in denen dies zu geschehen hatte. Allerdings fehlte ein expliziter Hinweis darauf, es tunlichst zu vermeiden, daß Wasser auf die Schalttafel gelangte. Entschuldigend läßt sich vielleicht anmerken, daß heutzutage jedes Kind weiß, daß stromführende Elemente und Wasser nicht miteinander zu verbinden sind. Gleichwohl müssen Bedienungsanleitungen eineindeutig, oder wie der Volksmund sagt: idiotensicher sein.

Unsere Ahnungen wurden bestätigt, als wir zur Museumsinsel gingen und uns dort von den Reinigungs- und Wartungskräften demonstrieren ließen, wie sie die Luftraumbefeuchter sauber hielten. Unbefangen und selbstbewußt, wie hierzulande unsere Raumpflegerinnen waren, machten sie sich ans Werk wie immer. Sie wischten wieselflink mit einem feuchten Tuch über den Kasten. Oben, an den Seiten. Mal war der Lappen ein wenig feucht, mal etwas nasser. War der Lappen sehr naß, gelangte Wasser, wenn auch nur in geringen Dosen, durch die Bohrungen für die Potentiometer- bzw. die Hygrostatachse ins Innere der Kiste.

Bei der Reinigung des Mittelteils kippten die freundlichen Frauen couragiert das Gerät einfach auf die Stirnseite. Dabei konnte Tropfwasser in den Schacht gelangen.

Und drittens schließlich merkten wir: Wenn der Schacht nicht richtig abgedichtet war, bestand die Möglichkeit, daß angefeuchtete Luft nicht nur in den Raum, sondern auch in den Schacht eindringen konnte, in welchem die Leiterplatte angebracht war.

Wir hatten genug gesehen und konnten unsere abschließenden Bemerkungen zu Papier bringen, um zu verhindern, daß künftig noch weitere Luftbefeuchter in der DDR in Flammen aufgingen.

»1. Luftbefeuchter des Typs ›B 400 electronic‹ der Firma BRUNE Ludwigshafen (BRD) sind zu überprüfen, ob sich bereits Kriechstromstrecken im Anfangsstadium ausgebildet haben. (Hinweis: Bereits das Vorhandensein von Wasserrändern belegt, daß Feuchtigkeit eingedrungen ist und somit die Gefahr der Kriechstromstreckenbildung besteht.)

2. Die durch die Firma BRUNE für das Gerät gegebenen Reinigungsanweisungen sind durch den Zusatz zu ergänzen, daß beim Reinigen der Luftbefeuchter das Eindringen von Feuchtigkeit in den Bereich zwischen Schachtdeckel und Schalttafel zu verhindern ist. (Hinweis: Abdeckplatte künftig nur trocken abwischen, nasse Mittelplatte beim Reinigen nicht kanten, so daß kein Tropfwasser in den Zwischenraum Schachtdeckel-Schalttafel eindringen kann.)

3. Die durch die Gerätekonstruktion gegebene Abdichtung des Schachtes gegen das direkte Eindringen von feuchter Luft aus dem Lüfterbereich muß ständig gewährleistet sein. (Hinweis: Insbesondere bei Geräten, die nach Reparaturen wieder montiert werden, ist auf Dichtheit zu achten.)

4. In einem festzulegenden Wartungs- und Instandhaltungszyklus ist aufgrund der am Gerät vorhandenen potentiellen Gefährdung eine Sichtkontrolle der Schalttafel durchzuführen. Dabei muß die Platte ausgebaut werden.«

Unter das Gutachten konnten die beiden Sachverständigen für Gerichtstechnik – Dipl.-Ing. Schmalfuß, Oberstleutnant der K, und Dipl.-Ing. Rabes, Major der K – beruhigt ihre Unterschrift setzen. Ihr Chef, Dr. Spindler, Oberst der K, quittierte die neun Seiten Text, packte die Bildanlage hinzu und konnte am 18. August 1987, drei Wochen nach Auftragerteilung, die Erfüllung des Auftrages melden.

Ob auch die Firma in Ludwigshafen eine Kopie erhalten hat, weiß ich nicht. Ausschließen würde ich es nicht.

Denn Erich Honecker schickte sich bekanntlich an, am 7. September der Bundesrepublik seine Aufwartung zu machen. Offizielle Staatsbesuche waren immer Anlaß, mit freundlichen Gesten im Vorfeld die Atmosphäre zu verbessern.

Tod am Pool

Sieben Jahre später bekam ich es erneut mit einem Fall zu tun, bei dem die Verbindung von Wasser und Strom eine mißliche Rolle spielte. Diesmal war es jedoch nicht so glimpflich abgegangen wie im Sommer 1987 im Bode-Museum. Im Sommer 1994 kam dabei ein Mensch ums Leben. Tobias Buske war elf Jahre alt, als ihn der Stromtod ereilte, wie es im Protokoll der kriminaltechnischen Tatortarbeit hieß.

Natürlich war es reiner Zufall, daß sich der Badeunfall in Schönow zutrug, also in meinem Dorf. Es hätte so auch in jedem anderen Ort geschehen können, wo man im Sommer Bassins in die Gärten stellte und das Wasser mit elektrischen Umwälzpumpen reinigte und Selfmademen die Handwerker vom Fach sparten.

Tobias war mit seiner 15-jährigen Schwester zu Besuch bei seinem Onkel. Ich kannte den Jungen nicht, seine Familie wohnte, wie ich den Akten entnahm, in Rostock. Die unmittelbare Nähe des Unfallortes erhöht jedoch zwangsläufig das Maß der Betroffenheit. Man kennt die Straße, das Grundstück, die Menschen, die darauf wohnen. Es besteht objektiv eine persönliche Beziehung. Insofern ist man weitaus beteiligter, als man es sich eingestehen will. Ein Toter in der Nachbarschaft, zumal ein Kind, greift stärker ans Gemüt als ein Unfallopfer in einer fremden Gegend. Dort ist es nur »ein Fall«, hier gehört das fast schon zur eigenen Biographie.

Im täglichen »Polizeireport« der Märkischen Oderzeitung erschien die Tragödie nur als kurze Meldung von elf Druckzeilen. »Ein elfjähriger Junge in Schönow ist am Dienstag durch einen Stromschlag ums Leben gekommen. Der Junge war aus einem Planschbecken auf dem Grundstück seines Onkels gestiegen und hatte dabei auf eine Kabeltrommel gefaßt. Wie die Polizei gestern mitteilte, seien eine Umwälzpumpe sowie die Kabeltrommel an das Planschbecken angeschlossen.« Der letzte Satz war natürlich Unsinn und vermutlich Folge einer unzulässigen Verkürzung des ursprünglichen Textes in der Lokalredaktion. Und ich hätte davon auch nicht Notiz genommen, wenn in der Rubrik nicht noch ein zweiter Stromschlag mit Todesfolge vermeldet worden war: »Ein 19-jähriger ist gestern bei einem Unfall auf einer Baustelle im Cottbuser Stadtteil Sielow getötet worden. Der junge Mann kam aus bisher unbekannter Ursache mit einer Stromleitung in Berührung.«

Diese Häufung schien mir bemerkenswert.

Im Unterschied zu dem Cottbuser Fall, wo die Ermittler offenkundig im dunkeln tappten, schien in Schönow die Sache nicht ganz so mysteriös. Staatsanwalt Becker von der Außenstelle Bernau der Frankfurter Staatsanwaltschaft hatte mich mit der Abgabe eines Gutachtens beauftragt. Ich sollte nicht belegen, wie Tobias zu Tode gekommen war, sondern in welchem Zustand Elektromaterial und -geräte sich befanden.

Ich besichtigte am Tag nach dem Unfall den Ereignisort, eines der vielen alten Gartengrundstücke in der Dorfmitte. Schönow gehörte zum sogenannten Speckgürtel von Berlin, weil es im S-Bahn-Bereich lag. Das hatte zur Folge, daß sich bereits seit Jahrzehnten Hauptstädter hier niederließen. Meist nur am Wochenende, doch in den letzten Jahren, seit man das Wohneigentum als das Nonplusultra sozialen Wohlbefindens propagierte, zunehmend für immer. An mindestens drei Stellen setzten diverse Immobilienfirmen Reihen-, Einfamilien- und

Doppelhäuser in den märkischen Sand, die sie erfolgreich vermarkteten. (Der Boom sollte schon in einigen Jahren abebben. Es blieben etliche Baulücken brach liegen, und nicht wenige Häuser kamen unter den Hammer, weil die Besitzer arbeitslos geworden waren und die Kreditraten nicht mehr aufbringen konnten. Der Schaukasten am Bernauer Rathaus, wo die Termine der Zwangsversteigerungen aushängen, wurde niemals mehr leer.)

Das Grundstück in der Uhlandstraße gehörte zu den alten, ursprünglichen, doch auch hier wurde inzwischen aus- und umgebaut, wie nicht nur der Mietcontainer der Firma MVS vor dem Wohnhaus verriet.

Das kreisrunde Wasserbassin, vielleicht dreieinhalb Meter im Durchmesser, war zur Hälfte im Boden eingelassen und ungefähr 80 Zentimeter tief. Unmittelbar neben dem Becken lag eine orangefarbene Pool-Pumpe, mit der das Badewasser umgewälzt und gefiltert wurde. Die Pumpe wurde elektrisch betrieben. Der Strom kam aus einer Steckdose am Baucontainer. Das Kabel mündete in eine Steckdose auf einem Brett, von dort ging es weiter zur Trommel. Die kurze Distanz von der Kabeltrommel zur Pumpe wurde mit einer Verlängerungsschnur überbrückt.

Die Schwester von Tobias hatte erklärt, daß sie schon geraume Zeit im Becken geplanscht hatten. Die Sonne schien, es waren angenehme 26 Grad, ein herrlicher Ferientag. Gegen 13.45 Uhr hätte Tobias das Bassin verlassen und sich ein T-Shirt übergezogen, das allerdings auch nicht mehr ganz trocken war. Dabei habe er das Tragegestell der Kabeltrommel berührt. Er sei dann ungefallen. Sie wäre aus dem Wasser gesprungen und habe ihm helfen wollen. Als sie ihn jedoch berührte, hätte sie dabei »leichte Stromschläge« verspürt.

Die Sicherungen waren nicht angesprungen.

Bei der anschließenden gerichtsmedizinischen Untersuchung des Jungen stellte man, natürlich, Strommarken fest.

Die benutzte Kabeltrommel »Stromfix« stammte noch aus DDR-Produktion und fand sich in zahllosen ostdeutschen Haushalten. Sie war im Kabelwerk Oberspree (KWO) Berlin, Werk Schönow, hergestellt worden. Viele Menschen aus dem Dorf fanden dort Arbeit, Jugendliche absolvierten eine Lehre, es gab einen Kindergarten und eine Klinik – der Betrieb war der größte Arbeitgeber am Ort. Nach der Wende verkaufte ihn die Treuhand an einen auswärtigen »Investor«. Nachdem dieser die Fördermittel abgegriffen und vermutlich in sein in Westdeutschland gelegenes Mutterwerk gesteckt hatte, reduzierte er die Produktion und stellte sie schließlich ganz ein. Um Klagen zu vermeiden und Abfindungen zu sparen, bot er vielen Mitarbeitern einen Job im »Stammwerk« an. Soweit ich sah, hatte niemand sein Häuschen verkauft und sein Ränzlein geschnürt, um dieser zweifelhaften Offerte zu folgen.

Auf der KWO-Trommel befanden sich bis zu 40 Meter Kabel, an deren Seite drei Steckdosen, in die man beispielsweise den Anschluß eines Rasenmähers, einer Heckenschere, der Bohrmaschine oder eben einer Umwälzpumpe steckte. Einfach und solide. Die Pumpe war jüngeren Datums.

Dem Augenschein zufolge waren alle Steckdosen und Kabel den Vorschriften etnsprechend eingebaut. Die Absicherung der Außensteckdose am Wohngebäude erfolgte mit einem 32A-Leitungsschutzschalter (LS-Automat B 32 230/400 V), für Kraftstrom ausreichend.

Der Mietcontainer war mit einem Fehlerstrom-Schutzschalter ausgestattet. Ein solcher FI-Schutzschalter arbeitet nach dem Prinzip des Summen- bzw. Differenzstroms. Bei einem

Fehlerstrom bestimmter Größe löste er aus und schaltete den Stromkreis ab, wenn in der Anlage ein Teil des Stroms nicht durch seinen Summenstromwandler, sondern über die angeschlossene Erder zurückfloß. Und zwar binnen 0,2 Sekunden. Dadurch wurde bei einem Körperschluß eine unzulässig hohe Berührungsspannung verhindert. Die 0,03 Ampere, die dann noch flossen, stellten kein Problem fürs Herz dar. Diese Stromstärke war allerdings viel zu gering, daß eine normale Netzsicherung darauf reagierte.

Bei genauer Untersuchung des geöffneten Sicherungskastens im Container stellte ich jedoch fest, daß die relevante Stromleitung nicht am FI-Schutzschalter hing. Angeschlossen waren lediglich die Licht- und Steckdosenstromkreise des Containers. Die Außensteckdose, von der der Strom zur Kabeltrommel floß, war, wie der Fachmann sagt, im Sicherungskasten lediglich durchgeschleift und darum die Verbindung zur Kabeltrommel nur durch einen 16A-Leitungsschutzschalter abgesichert.

Daß es sich so verhielt, war nicht ausgewiesen. Stattdessen vermittelte die unmittelbare Nähe des Sicherungskasten zur Außensteckdose das gute Gefühl, daß diese in besonderer Weise abgesichert sei.

Sodann nahm ich die Kabeltrommel unter die Lupe, an der Tobias den tödlichen Stromstoß bekommen hatte. Die beiden TGL-Kraftstromsteckdosen und die 230V-Schutzkontaktsteckdose waren mit den üblichen Deckeln gesichert und entsprachen der Schutzklasse 41. An der Trommel waren keine Veränderungen vorgenommen worden. Der Zustand entsprach dem Original und war einwandfrei. Die metallischen und damit elektrisch leitenden Konstruktionselemente waren vorschriftsmäßig mit dem Schutzleiter verbunden. Auch bei der Steckdosenbelegung fand ich nichts Auffälliges.

Die Pumpe arbeitete mit 220V Wechselstrom und trug neben dem TÜV-Siegel Warnhinweise in mehreren Sprachen. So wurde verlangt, daß die Netzsteckdose, aus der das Gerät versorgt werde, mindestens drei Meter vom Pool entfernt sein müsse. Da der Einsatz einer zusätzlichen Verlängerungsschnur ausdrücklich untersagt wurde und das Netzanschlußkabel der Pumpe nur zwei Meter lang war, wollte man dadurch einen Mindestabstand zum Pool von mindestens einem Meter sicherstellen. Nicht dumm gedacht, fand ich. Immer vorausgesetzt, die Betreiber richteten sich auch danach.

Gefordert wurde im Aufdruck auch eine geerdete Steckdose und ein Masseschutzschalter.

Die Pumpe steckte in einem Kunststoffgehäuse ohne leitende Metallteile, wodurch Berührungsspannungen ausgeschlossen wurden. Und für den Fall, daß Wasser eindrang, waren alle metallischen Motor- und Montageteile durchgängig mit dem Schutzleiter verbunden. Zu Hause, in meinem Labor, lief die Pumpe ohne jeglichen Fehler. Auch sie konnte nicht die Ursache für den Stromschlag gewesen sein. Was also dann?

Das Verlängerungskabel zwischen Ausbau und Mietcontainer waren unauffällig. Lediglich die beiden schwarzen Außenleiter R (L1) und T (L3) waren gekreuzt, wie ich bei der Durchgangsprüfung feststellte. Allerdings beeinträchtige das weder die Funktion noch die Sicherheit.

Außenstecker und -dose des Mietcontainers waren ordnungsgemäß gepolt. Auch die internen Schutzvorrichtungen erwiesen sich als voll funktionsfähig – mit jener bereits mitgeteilten Einschränkung, daß die Verbindung nach außen durchgeschleift und nicht durch den FI-Schutzschalter gesichert worden war.

Mit dem Verlängerungskabel wurde die Verbindung vom

Container zur Kabeltrommel hergestellt. Dabei wurde gleichzeitig eine Anpassung des neuzeitlichen runden Eurosteckersystems an das früher übliche ovale System vorgenommen. Das war, wie es ausschaute, im Eigenbau passiert. Der fünfpolige CEE-Rundstecker schien von einem Laien montiert. Die Leitungsenden waren nur locker verdrillt und nachlässig unter den Schraubklemmen befestigt. Schlimmer noch: Die Belegung der Anschlüsse war nicht nur unüblich, sondern gefährlich falsch erfolgt.

Das andere Ende des Kabels mündete in eine ältere Wandsteckdose, die bereits vor zehn oder 15 Jahren auf ein Brett geschraubt worden war. Die Anschlüsse dort waren sorgfältiger geknüpft, woraus ich schloß, daß hier jemand anderes Hand angelegt haben mußte. Gleichwohl ergab die Durchgangsprüfung ebenfalls gravierende Unzulänglichkeiten.

In Verbindung mit der falschen Steckerbelegung jedoch tickte hier – und das offenkundig schon seit Jahren – eine Bombe. Erstaunlich, daß sie erst jetzt »hochgegangen« war.

Im Stecker war der spannungsführende Leiter auf die Schutzerde geklemmt worden. Damit wurde jedes über dieses Kabel gespeiste Gerät unter Strom gesetzt – selbst wenn bei diesem, wie gesehen, alle Gehäuse-, Bedien- und Griffteile aus Metall schutzgeerdet waren.

Dies war Tobias zum Verhängnis geworden, als er die Kabeltrommel berührte.

Begünstigt wurde der stromableitende Erdkontakt durch seine nasse Haut und das durchfeuchtete T-Shirt sowie die vom Planschwasser aufgeweichte Wiese. Nicht zu reden vom geringen Abstand der Kabeltrommel zum Bassin. Und schließlich: Von Nachteil erwies sich das Fehlen des Fehlerstromschutzes gegen Masse. Der Stromfluß zwischen dem Trommelgestell und der nassen Erde hätte zum Auslösen eines FI-Schutzschalters geführt – wenn er denn in diesem Stromkreis eingebunden gewesen wäre. Der vorhandene 32A-Leitungsschutzschalter konnte durch diesen Strom nicht ausgelöst werden.

Ich schloß mein Gutachten mit Punkt 6 »Prävention«. Üblicherweise verkneife ich mir Appelle, weil ich um deren geringe Wirkung weiß. Auch in diesem Falle war ich mir sicher, daß ich Rufer in der Wüste bleiben würde. Doch wenn ich diese Aufforderung hier neuerlich wiederhole, erreiche ich vielleich doch diesen oder jenen damit.

Denn daß das Schicksal von Tobias kein Einzelfall war und ist, hatte die eingangs zitierte Meldung aus dem »Polizeireport« gezeigt. Zeitgleich war ein 19-Jähriger ebenfalls an einem Stromschlag gestorben. Auch wenn der Unfall in Cottbus, was ich nicht weiß, vielleicht nicht auf unsachgemäßen Umgang mit elektrischen Anlagen zurückzuführen war: Die Gefahr, die von Heimwerkern ausgeht, welche sich als Elektriker gerieren, scheint offensichtlich. Auch deshalb schrieb ich:

»Aus gutachterlicher Sicht sollte der Bevölkerung durch Öffentlichkeitsarbeit die Bedeutung der Einhaltung von elektrotechnischen Installations- und Betriebsvorschriften gemäß DIN, VDE bzw. Euronorm mit Hinweis auf die möglichen Gefahren (Brand, Stromschlag) vor Augen geführt werden, verbunden mit der eindringlichen Mahnung, Elektroarbeiten nur vom Fachmann vornehmen zu lassen.

Hersteller- und Vermieterfirmen von Containern gleicher oder ähnlicher Bauart sollte unbedingt die Auflage erteilt werden, durch Warnaufdruck darauf aufmerksam zu machen, daß sich die internen Sicherungen nicht auf die außen angebrachte Kraftstromdose beziehen. Der Aufdruck könnte lauten: ›Achtung: 3/N/PE durchgeschleift – keine Schutzeinrichtung!‹«

Ich erinnere mich an keinen Beitrag in der Lokalpresse oder anderenorts, in dem das von mir vorgeschlagene Thema aufgegriffen worden wäre. Ich kenne die Antwort der unabhängigen Redakteure: Sie wählen sich ihre Themen selbst und lassen sich diese nicht von außen diktieren. Wo blieben sonst die Unabhängigkeit und Freiheit der Presse.

Zeugen Jehovas ohne Hüsum

Als Ostdeutschem schlägt einen sofort das Gewissen, wenn die Rede auf die Zeugen Jehovas kommt. Die, mit Verlaub, ein wenig obskure Religionsgemeinschaft war 1874 im nordamerikanischen Pittsburgh von einem Kaufmann gegründet worden. Dieser meinte, die Wiederkunft Christi stünde unmittelbar bevor, weshalb man sich darauf vorbereiten müsse. Russel gründete bald auch zwei Zeitschriften (»Zion's Watch Tower And Herald of Christ's Presence« und »Zion's Watch Tower Tract Society«; in Deutschland als »Der Wachtturm« hinlänglich bekannt). Die Blätter und die Vertriebsorganisation wurden zum wirtschaftliche Fundament und Rückgrat einer streng zentralistisch und hierarchisch gelenkten Organisation, deren Führung nunmehr seit Jahrzehnten in New York sitzt. Die Organisation missioniert aktiv weltweit und zählt nach eigenen Angaben weit über fünf Millionen Mitglieder, in Deutschland angeblich 166 000. Die hiesige Zentrale sitzt in Selters im Taunus.

Nach eigenem Verständnis enthalte die Bibel einen »Plan Gottes mit der Menschheit«, auf dessen Grundlage es möglich sei, das Weltende und den Anbruch des darauffolgenden Tausendjährigen Reichs (»Jehovas Königreich«) zu berechnen. Das Weltende wurde wiederholt schon prophezeit, erstmals 1914, letztmals 1975 – aber wir sehen: Die Erde dreht sich noch. Sich selbst wähnt man als die auserwählte Gemeinde, die Gott am Ende der Zeiten erretten werde.

Zum religiösen Grundverständnis der Zeugen Jehovas – bis

1931 nannten sie sich in Deutschland »Bibelforscher« – gehört es auch, jeder irdischen Macht die Gefolgschaft zu verweigern. Darum lehnen sie die Teilnahme an Wahlen ebenso ab wie Militär- und Ersatzdienste. Ein Eid wird nicht geleistet. Diese Totalverweigerung hatte zur Folge, daß die »Bibelforscher« im diktatorischen Hitlerreich verboten und verfolgt wurden.

Die DDR – und daher bin ich bei diesem Thema nicht ganz unbefangen – ging namentlich in den 50er Jahren ebenfalls repressiv gegen die Zeugen Jehovas vor. Aber weniger, weil diese die Gefolgschaft verweigerten, sondern weil deren Zentrale in Übersee saß. In der Hochzeit des Kalten Krieges hielt man die Mitglieder der Sekte nicht für Jehovas Zeugen, sondern für die 5. Kolonne des US-Imperialismus. Entsprechend gingen der Staat und seine Institutionen damals mit ihnen um. Der harte Kurs wurde jedoch nicht lange durchgehalten; später galt auch für die Zeugen Jehovas das Recht der freien Religionsausübung, wie er in der Verfassung allen Bürgern eingeräumt wurde.

Das alles schoß mir durch den Kopf, als ich am 6. November 2002 einen Anruf aus Eutin in Schleswig-Holstein erhielt. Es war diesmal nicht Friedrich Knutzen, der ehemalige Bügermeister der Kleinstadt. Knutzen war Pensionär und mein Kunde. In meiner Firma stelle ich auch einige spezielle Geräte her, die ich selber entwickelte und zum Patent anmeldete. Der nette alte Herr aus Eutin hatte für sein Mikroskop aus Jena Zusatzgeräte von mir bezogen und rief gelegentlich an, wenn er mit jemandem plaudern wollte. Doch diesmal war nicht er am anderen Ende. Der Anrufer stellte sich als Michael Baumgart vor, der sich als 1. Vorsitzender einer Gemeinde der Zeugen Jehovas bezeichnete. Er lud mich ein, nach Eutin zu kommen. Dort sei in der Nacht vom 18. auf den 19. Oktober, von Freitag auf Samstag, ihr »Königreich-Saal« ein Raub der Flammen geworden. Zwei Wochen nach Fertigstellung des rund 250 000 Euro teuren Bauwerkes.

Ich wehrte zunächst ab. »Herr Baumgart, das ist Sache der Ermittlungsbehörden.«

Er wisse das, die Polizei ermittle ja, doch er habe Zweifel, daß sie auf der richtigen Fährte wäre.

»Wie meinen Sie das?« Sollte sich die Ablehnung der Obrigkeit etwa auch auf staatliche Verpflichtungen erstrecken? Gut, ich wußte aus meiner Erfahrung, daß man bei Bränden heutzutage die Ermittlungen lieber einstellte als verfolgte. Der Hinweis von Gutachtern, daß technische Ursachen nicht ausgeschlossen werden können, nahm man gern zum Anlaß, um die Akten final zu schließen. Es war später kaum möglich, einen Täter zu ermitteln. Doch die Recherchen bis zu diesem Eingeständnis kosteten Geld, das man nicht besaß. »Ich denke, die Beamten in Polizei und Justiz leisten bestimmt ordentliche Arbeit. Ist nicht in Eutin die Landespolizeischule von Schleswig-Holstein?«

Mein Versuch, mich dem Gespräch zu entziehen, mißlang. Der Anrufer ging darauf mit keiner Silbe ein.

Es deute alles drauf hin, daß die Polizei von einem Unfall, einer technischen Panne oder ähnlichem ausgehe, sagte Baumgart. Auch in der Lokalzeitung habe es so gestanden. Er und andere aus der Gemeinde hingegen seien der festen Überzeugung, daß es sich um einen Brandanschlag handele. Deshalb solle ich die Sache untersuchen.

Ich unterließ es zu fragen, weshalb er ausgerechnet mich in dieser Angelegenheit anriefe. Zwischen Flensburg und Kiel dürfte es etliche Brandsachverständige geben, warum sollte da einer aus Brandenburg in der holsteinischen Asche stochern?

Baumgart schien mein Zögern richtig zu deuten. Er werde den Auftrag vom Vorstand des Vereins und von der Gebäudeversicherung autorisieren lassen und Rechtsanwalt Joachim Müller mit der Korrespondenz beauftragen. Von diesem würde ich auch die Ermittlungsakten der Staatsanwaltschaft Lübeck erhalten, damit ich mich kundig machen könne.

»Nehmen Sie an, kommen Sie nach Eutin?«

Ich brummelte etwas, was als Zustimmung gedeutet werden konnte.

»Wir erwarten Sie morgen 12 Uhr in der Alten Lübecker Landstraße 22c.«

Damit war das Gespräch zu Ende.

Offenkundig stand der Termin bereits fest, als Baumgart bei mir anrief. Denn als ich anderntags pünklich 11.55 Uhr über einen unbefestigten Weg das ein wenig abseits gelegene Gebäude in einem Gewerbegebiet erreichte, erwarteten mich bereits fünf Herren. Baumgart war, als sich alle vorgestellt hatten, nicht dabei. Der Rechtsanwalt aus Hamburg führte das Wort. Der deutsche Vertreter der amerikanischen Versicherung hatte ihn beauftragt, wenngleich mein eigentlicher Auftraggeber die Gemeinde war. Diese hatte zu großen Teilen das Objekt in emsiger Eigenleistung errichtet, die Selbstbeteiligung an der Versicherung war zudem groß. Insofern war die persönliche Betroffenheit der anwesenden Gemeindemitglieder, durchweg freundliche Leute, verständlich.

Das anderthalbgeschossige Gebäude war in Leichtbauweise (Trockenbau) mit verklinkerter Fassade errichtet worden. Grundfläche etwa 26 mal 13 Meter, ohne den seitlichen Anbau. Im Innern des östlichen, jetzt abgebrannten Teils des Hauses befand sich der Königreich-Saal mit freitragender Decke in angedeuteter Gewölbeform. »191 Quadratmeter«, wiederholte einer in der Runde stolz, als habe es sich um ein Weltwunder gehandelt.

Im westlichen Teil des Hauses befanden sich die Bibliothek, eine Teeküche, Sanitärräume und das Foyer zum Saal. Darüber lag eine Wohnung. Doch die war noch nicht bezogen worden, deshalb war auch niemand im Haus, als es brannte.

Ich ließ den Blick schweifen. Im Novemberdunst sah ich die nahe Stadt. Das Grundstück war umzäunt, auf der Nordseite eine Hecke gepflanzt, die wohl einen Sichtschutz zum Nachbargrundstück bilden sollte. Im Osten gab es eine Böschung, die bis zur Höhe des Erdgeschosses aufragte. An der Südseite war ein beleuchtetet Parkplatz angelegt, und ein niedriger Maschendrahtzaun markierte die Westseite, an der eine Koniferenreihe gesetzt war. Hier konnte jederzeit jeder ohne große Mühe einsteigen. Eine Festung war das gerade nicht, dachte ich, und hörte weiter Müllers Ausführungen. Das mäßig besetzte Gewerbegebiet, in das einzelne Wohnhäuser integriert waren, machte einen etwas trostlosen Eindruck, was nicht unbedingt allein auf das trübe Novemberwetter zurückzuführen war. Es hatte seit dem Brand wiederholt geregnet, wohl auch schon mal geschneit. Die Voraussetzungen für eine erfolgreiche Spurensuche waren also denkbar schlecht.

Der Saal war relativ gleichmäßig ausgebrannt, einige angekohlte Dachlatten ragten herüber. Ein Dachstück war zu Boden gestürzt und lag auf dem Rücken, man sah die Unterbespannung aus Bitumen. Das erklärte einiges.

Einer der Herren mußte meinen fragenden Blick gesehen haben. »Den Ostgiebel hat die Feuerwehr gezielt zum Einsturz gebracht, damit er nicht umfiele und jemanden erschlage. Haben die Männer gesagt.«

Wohin ich auch schaute: Ich sah zunächst keine auffällige

Ecke, von der sich sagen ließ, daß es dort zu brennen angefangen hatte. Die beiden Fenster in der Südwand zeigten eine stärkere Brandzehrung als die gegenüber. Der Notausgang des Saales hing lose in den Scharnieren – die Tür war während der Brandbekämpfung von der Feuerwehr aufgebrochen worden. Die Jalousien schienen während des Brandes geschlossen gewesen zu sein. Die unteren Lippen sorgten für eine Abschattung auf den Fensterbrettern. Der Ruß hatte sich davor, nicht darunter abgesetzt.

Nur die Jalousien der Außentür zur Bibliothek und vor einem Saalfenster standen ein wenig offen, die vorm Fenster war erkennbar von außen hochgeschoben worden. Sie besaß innen einen Aufbrandkeil, der vom Fensterkreuz unterbrochen wurde. Dieser hatte einen Schatten geworfen und befand sich unverändert in der gleichen Höhe. Das bedeutete, die Jalousie hatte auch während des Brandes so gehangen, wie sie es jetzt tat. Also unten offen.

Im Bereich vor diesem Fenster begann ich im Saal im Brandschutt zu stochern und nach Auffälligkeiten zu suchen. Am Heizkörper neben dem Fenster bemerkte ich einen Keil, der auf den Fußboden stieß. Darunter gab es Einbrennungen. Auf dem textilen Fußbodenbelag fand ich auch unberußte und unverformte Glasscherben. Und ein merkwürdiges Teil, das nach einigem Rätseln von einem der Herrn als Lautsprecher identifiziert wurde. Aber der Textilbelag darunter war dadurch sehr gut erhalten. Ich trennte etwas heraus und verpackte das Stück Teppich luftdicht in ein Einweckglas. Daheim wollte ich es analysieren lassen. Der Brand lag inzwischen drei Wochen zurück, flüchtige Bestandteile waren nur noch schwer nachzuweisen. Doch ich wollte es dennoch versuchen.

Dann ließ ich mir von den Herren, die sehr interessiert die

ganze Zeit meine Arbeit verfolgten, die Sicherungstafel zeigen. Die meisten Sicherungen waren gekippt, standen also auf »Aus«. Da ich aber nicht feststellen konnte, welche Sicherungen automatisch angesprochen hatten und welche nachträglich betätigt worden waren, etwa von der Feuerwehr, beachtete ich das nicht weiter. Lediglich die drei elektronischen 2-Kanal-Wochenschaltuhren nahm ich mit, um daheim die Schaltzeiten festzustellen.

»Und, was meinen Sie …?« insistierten die Herren, als ich nach etwa zwei Stunden mein Zeug zusammenräumte und im Auto verstaute.

Ich erklärte mein Gesicht zur Verschlußsache.

»Das kann ich noch nicht sagen … Ich muß erst im Labor einige Dinge untersuchen und die Unterlagen studieren, die mir Rechtsanwalt Müller noch schicken will …«

Enttäuschung machte sich auf den Mienen breit.

»Aber ich glaube, daß der Brand im Innern des Saales und in der Nähe des Fensters mit der hochgeschobenen Jalousie begonnen haben könnte.«

Hatte ich damit zu viel gesagt?

Die Herren warfen sich vielsagende Blicke zu, als hätte ich ihnen bestätigt, was sie ohnehin zu wissen glaubten.

Ich verabschiedete mich von der Runde und stieg in mein Auto. Doch, ich war davon überzeugt, daß als erstes die am Fenster stehenden Polsterstühle und die Gardinen gebrannt hatten. Die konnten aber weder von einer Zigarettenkippe – zumal im Gebetssaal bestimmt nicht geraucht wurde – oder von einem defekten Elektrokabel oder dergleichen entzündet worden sein. Dazu bedurfte es einer höheren Temperatur.

Die Rauchgase waren nach oben gestiegen und hatten sich im Scheitelpunkt der gewölbten Decke gesammelt. Sie drangen durch die Zwischendecke und stauten sich im Dachraum. Dort bereiteten die heißen Gase die brennbaren Materialien bis zur Zündung thermisch auf. Die Bitumenunterspannung des Daches verhinderte, daß die Rauchgase durchs Dach entwichen. Bis es selbst brannte. Die ersten Flammen, so hatte es geheißen, seien aus dem First geschlagen. Natürlich.

Inzwischen brannte auch die eigentliche Saaldecke, bis sie herunterfiel. Und als der First weggebrannt war, klappten die beiden Dachhälften nach innen und stürzten ebenfalls zu Boden. So brannte es weiter, bis die Feuerwehr kam.

Eine elektrotechnisch bedingte Brandentstehung schloß ich aus. Es gab im ganzen Haus kein einziges leistungstarkes Gerät. Hätte irgendwo ein Energiefresser mit einer lockeren Klemmstelle gestanden, müßte man auch darüber nachdenken. Doch dergleichen hatte ich nicht entdecken können.

Und die Jalousien? Die wurden doch auch elektrisch betrieben. Ja, unter Aufsicht. Wenn einer der Antriebsmotoren blockiert hätte, wäre es bemerkt worden. Das kam ebenfalls nicht in Betracht.

Ein Kurzschluß in einem mit 16 Ampere abgesicherten Stromkreis führte auch nicht zum Brand. Es sei denn, ein Nagetier hätte die Isolierung zerfressen, es wäre feucht und im Laufe der Zeit hätten sich Kriechströme entwickelt. Doch so lange stand das Haus noch nicht. Diese Variante schied auch aus.

Die Lampen an der Decke? Die Platten der Zwischendecke waren aus Mineralfaser und brannten darum nicht. Die integrierten Lampen bestanden aus Leuchtstoffröhren, die keine Wärme abgaben. Außerdem waren die Leuchten in Blechkassetten montiert. Das galt auch für die Pflanzenleuchte. Drosselspulen, die sich hätten erhitzen können, waren auch nicht installiert, es gab nur elektronische Vorschaltgeräte.

Die lange Autofahrt hatte ihr Gutes: Man konnte alle bislang bekannten Fakten im Kopf wenden und drehen.

Bevor ich mich auf den Heimweg gemacht hatte, sagte ich noch bei Friedrich Knutzen »Guten Tag«. Er freute sich sehr, daß wir uns zum ersten Male sahen, und die obligatorische Flasche »Rotkäppchen«, die ich ihm in die Hand drückte, erheiterte ihn nicht minder. Während er mir seinen Hobbyraum zeigte und wir fachsimpelten, kochte seine Frau Kaffee. Natürlich sprachen wir auch über den Anlaß, der mich nach Eutin geführt hatte. Knutzen hatte davon in der Zeitung gelesen, die Ursache schien doch eindeutig zu sein? Doch nun rief er bei der Polizei an. Die Auskunft an den ehemaligen Bürgermeister war nicht so klar und bestimmt und bestätigte meinen Verdacht, daß man sich auf diese Variante (»technisches Versagen«) festgelegt hatte, um Arbeit und Geld zu sparen.

Zu Hause schaute ich mir die Wochenschaltuhren an. Dort waren die Schaltungen programmiert: täglich gingen automatisch 21.30 Uhr das Notlicht und 22 Uhr die Lampe über den Blumen an, beide verloschen morgens um 5 Uhr. Das Außenlicht und das Mastlicht brannten automatisch am Dienstag von 15 bis 18 Uhr, am Freitag von 18 bis 22.30 Uhr, am Samstag von 9 bis 10 Uhr und am Sonntag von 8.30 bis 12.30 Uhr. Das waren zwar merkwürdige Zeiten, aber die Betreiber würden schon ihre Gründe haben. Nur die Jalousien wurden manuell betätigt. Täglich wurden sie 8.30 Uhr geöffnet und 18 Uhr geschlossen. Außer freitags. Da hieß es »on 21.30 Uhr, off 21.33 Uhr«.

Hatten diese Daten irgendeine Relevanz? Kaum.

Als nächstes nahm ich mir den Textilbelag vor. Ich brachte ihn ins Berliner Prüflabor ANTEUM. Dort erhitzte man Fasern des Teppichs in einer speziellen Apparatur auf 50°C und leitete darüber gereinigte Luft. Die leicht flüchtigen Bestandteile, soweit noch vorhanden, wurden auf Aktivkohle adsorbiert. Insgesamt wurden 30 Liter Luft umgepumpt. Die Aktivkohle kam in head-space-Flaschen und wurden mit Benzylalkohol überschichtet. Die Analyse der so aufbereiteten Probe erfolgte mittels head-space-GC/MS in Anlehnung an die DIN 38407. (Ich weiß, daß dies Fachchinesisch und für einen Laien kaum verständlich ist, doch unter den Lesern sind auch Fachleute, die mir – wie beim ersten Buch geschehen – übelnehmen würden, wenn ich die ihnen vertrauten Wendungen nicht benutzte. Einmal also soll es also geschehen.)

Die gedruckten Diagramme wiesen aus: Im Teppich waren geringe Mengen Benzen, Ethylbenzen, m und p-Xylen sowie Styren enthalten. Letzteres stammte erfahrungsgemäß aus verbrannten Kunststoffen. Benzen, Ethylbenzen und Xylene kamen jedoch in brennbaren Flüssigkeiten vor, etwa in Kraftstoffen. Ethylbenzen wird in unverbleitem Benzin als Antiklopfmittel verwendet und enthält als Begleitverbindung stets Xylene.

Da in der Probe keine anderen aromatischen und aliphatischen Verbindungen identifiziert werden konnten – die hatten sich in den Wochen seit dem Brand im Wortsinne verflüchtigt –, war die sichere Zuordnung der nachgewiesenen Kohlenwasserstoffe zu einer bestimmten Substanz nicht mehr möglich. Gleichwohl begründete das Ergebnis zumindest den Verdacht, daß ein Brandbeschleuniger – möglicherweise Benzin – eingesetzt worden war.

Als letztes nahm ich mir die Glasscherben vor. Sie stammten vom Fenster und von Leuchtstofflampen. Flaschenglas war nicht darunter.

Ich stellte vier verschiedene Sorten von Fensterglasscherben fest:

a) spröd gebrochen und rußgeschwärzt (infolge von thermisch erzeugten Spannungen durch die Einwirkung heißer Brandgase auf das kalte Glas – meist in der Brandentstehungsphase);
b) stark verformt und verfärbt (durch Brandeinwirkung weich geworden);
c) mit Spannungsrissen (krümeliges Bruchverhalten wie Sicherheitsglas – abgeschreckt durch Löschwassereinwirkung);
d) spröd gebrochen und unberußt (glatte Bruchkanten, innere strahlenförmige Risse mit radialen Verbindungen und Abplatzungen mit Muschelstrukturen).

Die Scherben der vierten Gruppe mußten vor dem Brand entstanden sein. Um diese Annahme zu belegen, zertrümmerte ich mit der Finne eines kleinen Hammers eine Glasscheibe und verglich diese Scherben mit denen vom Brandort. Sie stimmten morphologisch überein.

Damit war für mich bewiesen, daß das bewußte Fenster hinter der hochgeschobenen Jalousie vor dem Brand eingeschlagen worden sein mußte und nicht nur infolge der Hitze zersprang.

Natürlich interessierte mich brennend, was die Kollegen im Norden selbst herausbekommen hatten. Rechtsanwalt Joachim Müller schickte mir im Januar 2003 die wesentlichen Bestandteile der staatsanwaltlichen Ermittlunsgakte. Zunächst enthielt diese den Brandortbericht der Polizei vom Tage.

Am 19. Oktober 2002, meldete Polizeiobermeister Schröder – »Freischütz 10/11«, besetzt mit zwei Mann – den zufällig entdeckten Brand: »Während der Streifenfahrt nahmen POM Schröder und ich in Höhe des Autohauses Hansa, Eutin, Lübecker Landstraße, starken Brandgeruch wahr. Es waren dunkle bis schwarze Rauchwolken, die zum Himmel aufstiegen.

Nach entsprechender Absuche in der näheren Umgebung stellten wir dann um 3.11 Uhr fest, daß sich ein Feuer im Gebäude der Zeugen Jehovas entfacht haben dürfte. Mit unserem Eintreffen schlugen gerade die ersten Flammen aus dem Dach, so daß davon ausgegangen werden konnte, daß das Feuer im Gebäude entstanden sein mußte. Eine Annäherung an das Haus war aufgrund der starken Rauchentwicklung nicht möglich. Nach Alarmierung der FFW über Freischütz wurden von uns die Nachbarn gewarnt und aufgefordert, ihre dort geparkten Fahrzeuge vorsorglich zu entfernen und sich entsprechend vor dem Rauch zu schützen. Der Rauch stieg allerdings recht steil nach oben, da kaum Wind herrschte […] Fotos wurden durch POM Schröder sowie einem Angehörigen des Ostholsteiner Anzeigers gefertigt. Kröger, PHK«

Die Freiwillige Feuerwehr Eutin erschien mit acht Fahrzeugen, die Polizei mit mindestens drei. Bei der ausführlichen Beschreibung des Brandortes durch Polizeihauptkommissar Kröger fand sich allerdings auch dieser Satz: »Sämtliche Fenster am Gebäude sind mit Jalousien versehen. Diese waren bei unserem Eintreffen, soweit dies während der Löscharbeiten erkennbar war, alle verschlossen gewesen.«

Im weiteren enthielt sein Brandortbericht »Ermittlungen/Befragungen«. Als erster Zeuge gab Jens Ehlers, der Grundstücksnachbar, zu Protokoll, daß er nach 0.30 Uhr mit seinem Hund draußen gewesen sei. Er habe weder Brandgeruch noch Rauch bemerkt und nichts Auffälliges registriert.

Am Ort erschien Peter Hoffmann aus Süsel, der angab, Mitglied der Gemeinde der Zeugen Jevohas zu sein. Er informierte über den Bau. Ein zweites Gemeindemitglied, Dietmar Hartmann aus Eutin, ebenfalls zu möglichen Ursachen des Brandes befragt, habe ergänzt, »daß im Bereich des Gebetssaales eine Pflanzenlampe betrieben wird. Er konnte nicht sagen, ob diese um die Uhrzeit des Brandausbruchs noch an war. Die elektrischen Sicherungen sollen sich nach Angaben Herrn Hoffmanns in einem abgetrennten Raum, der nur von außen begehbar ist, befinden. Dieser Raum soll an der rechten Seite des Gebäudes sein. Der Sicherungsraum konnte durch uns nicht besichtigt werden, da die Löscharbeiten noch andauerten und ein Betreten ohne Atemschutz und Schutzkleidung nicht möglich war. Der Einsatzleiter der Feuerwehr gab ab, daß die Hauptsicherung für die Stromversorgung des Gebäudes durch die Feuerwehr rausgenommen wurde. Alle anderen Sicherungen wurden durch die Feuerwehr nicht verändert. Der Einsatzleiter gab an, daß nicht alle Sicherungen ›rausgesprungen‹ waren.

Auf Anfrage gab Herr Hartmann an, daß sämliche Elektro- und Gasinstallationen durch Fachkräfte ausgeführt wurden [...] Nach Angaben des Herrn Dietmar Hartmann seien alle Jalousien am Gebäude bei seinem Verlassen am vorigen Abend, 18.10.2002 um 21.30 Uhr, verschlossen gewesen.

Nach unserer Ankunft auf der Dienststelle meldete sich fernmündlich PHK Kröger auf der hiesigen Dienststelle und teilte mit, daß er die Brandstelle noch mal aufgesucht und festgestellt habe, daß eine Jalousie auf der linken Seite des Gebäudes zu ca. 1/3 offen stand. Um welches Fenster es sich genau handelte, konnte er nicht sagen.«

Das läßt entweder die Kriminalkommissarin zur Ausbildung (KK'in z. A.) Felsch und KK z. A. Özoglan, die den Bericht ihrer Kollegen aufgenommen und geschrieben hatten, oder jene selbst zum Schluß kommen: »Die evtl. zu 1/3 offene Jalousie läßt Brandstiftung nicht ausschließen.« Semantisch war der Satz nicht ganz korrekt, doch jeder wußte, was damit gemeint war.

Bei Tageslicht suchten drei andere Polizeibeamte neuerlich den Brandort auf und berichteten. Auch sie rekurierten in dem anschließend abgegebenen Bericht auf das bewußte Fenster. »Von der Feuerwehr wurden wir darauf aufmerksam gemacht, daß eine Jalousie nicht richtig verschlossen war. Dieses wurde von uns in Augenschein genommen. Es handelte sich um das – von links gesehen – dritte Fenster an der Stirnseite des Hauses. Die Jalousie dieses Fenster stand ca. 30 cm offen und war rußgeschwärzt [...] Die Glasscheibe aus diesem Fenster war jedoch nicht komplett herausgetrennt. Im Flügelfries dieses Fensters befanden sich noch bruchstückhaft erkennbar die Überreste der Glasscheibe. Die Fensterbank war ebenso rußgeschwärzt. Die anderen Jalousien waren geschlossen und wiesen keine Besonderheiten auf.«

Dietmar Hartmann, der von den Polizeibeamten erneut befragt wurde, erklärte, daß er alle Jalousien überprüft hätte, bevor er gegen 22 Uhr das Haus verlassen habe. »Alle Jalousien, so Hartmann, waren am gestrigen Abend geschlossen.«

Die Beamten sicherten die Spuren, protokollierten jedoch auch, »keine Fingerspuren an den Fenstern gefunden« zu haben, »Beschädigungen (Hebelspuren etc.)« habe man nicht feststellen können, »die auf äußere Gewalteinwirkung hindeuten« würden.

Abschließend hieß es: »Der Brandort wurde von uns beschlagnahmt. Gorgas, KKA«.

Als nächstes Dokument in der Ermittlungsakte, die mir der Rechtsanwalt zugesandt hatte, fand sich ein »Ermittlungsvermerk«, den Kriminalhauptmeister Schmidt, Eutin, angefertigt hatte. Gegenstand war der Besuch von Elektroingenieur Kohnke, den das LKA in Kiel am 21. Oktober als Sachverständigen geschickt hatte. Gemeinsam besichtigten sie 14 Uhr die Brandstelle.

»Weiterhin konnte eindeutig festgestellt werden, daß alle Rolläden (elektrisch betrieben) des brandbetroffenen Gebäudetraktes zum Zeitpunkt des Brandausbruches geschlossen waren. Dies konnte aufgrund von Rußablagerungen auf den Kunststoffensterlaibungen belegt werden.«

Es überraschte nicht nur die Abweichung zu allen vorherigen polizeilichen Feststellungen in dieser Sache, sondern auch die Absolutheit, mit der sie vorgetragen wurde. Wie zur Bekräftigung hieß es weiter: »Alle Rolläden wurden sorgfältig auf mögliche Hebelspuren untersucht. Auch hier konnten keinerlei Feststellungen getroffen werden.«

Offenkundig war man sich des Widerspruchs bewußt. Darum versicherte Elektroingenieur Kohnke: Die Öffnung der Jalousie, »die im ersten Brandortbericht« erwähnt worden war, sei »erst nach Brandausbruch« erfolgt – »vermutlich ausgelöst durch einen Kurzschluß«. Die Jalousie wäre »leicht nach oben gefahren«.

Qualifikation und Engagement des LKA-Sachverständigen wurden auch an anderer Stelle deutlich.

»Inwieweit eine elektrotechnische Ursache zugrundeliegt, läßt sich nicht mehr feststellen. Laut Herrn Kohnke ist der Zerstörungsgrad der infrage kommenden Leitungen/angeschlossene Verbraucher so stark, daß eine genauere Untersuchung aus seiner Sicht unmöglich erscheint.

Lediglich eine exakte Rekonstruktion der möglicherweise schadhaften Leitungsabschnitte und der damit verbundenen Verbraucher ließe eine sachgerechte Überprüfung zu. Die eingestürzten Deckenteile einschließlich des dazugehörigen Daches und erfolgte Veränderungen während und nach dem erfolgreichen Löscheinsatz durch die Feuerwehr haben jedoch dazu geführt, daß eben diese Rekonstruktion durch Herrn Kohnke für nicht mehr durchführbar eingeschätzt wird.«

Und trotzdem kam man gemeinsam zu dem Schluß, es bleibe »die Annahme bestehen, daß der Brand durch einen nicht mehr nachweisbaren technischen Defekt ausgelöst worden ist«.

Nachdem man bereits ein paar Zeilen zuvor selbstbewußt konstatiert hatte, »daß der Brand mit großer Wahrscheinlichkeit nicht durch eine Person von außerhalb des Gebäudes gelegt worden ist«, bekräftigt KHM Schmidt abschließend – und das zwei Tage nach dem Brand: »Weitere Ermittlungen nach einem dafür Verantwortlichen scheinen nicht angezeigt, kann man doch einen konkreten Tatvorwurf wegen der unklaren Ursache ohnehin nicht konstruieren.«

Am 29. Oktober wurde Staatsanwalt Wendt in Lübeck in diesem Sinne telefonisch unterrichtet. Das Ermittlungsverfahren wurde gemäß § 170 Abs. 2 StPO eingestellt. Die Argumentation der Staatsanwaltschaft folgte den Ausführungen des Sachverständigen Kohnke widerspruchslos.

Als am gleichen Tage in der Kriminalpolizeistelle Eutin das Schreiben eines im Innenministerium beschäftigten Brandschutzingenieurs einging, in welchem dieser Auskunft über die Brandursache und den Stand der Ermittlungen erheischte, ließ ihn KHM Schmidt telefonisch abblitzen: Die Dienststelle sei nicht befugt, »Erkenntnisse aus Ermittlungsverfahren an Dritte weiterzugeben. Dies sei Aufgabe der zuständigen Staatsanwaltschaft, die hiermit ausdrücklich auf das Auskunftsbegehren des IM hingewiesen wird«.

In Schmidts anschließendem schriftlichen Vermerk zu diesem Vorgang wurde zudem – für wen eigentlich? – noch einmal bekräftigt: »Die hier geführten Ermittlungen haben eindeutig ergeben, daß keine mechanischen Beschädigungen an den Rolläden vor Brandausbruch vorhanden waren.«

Und: »Die im Auskunftsbegehren vorhandenen Ausführungen hinsichtlich der Elektrotechnik und der damit verbundenen Annahme, diese ›Ursache sei nahezu auszuschließen‹, werden von hier als bemerkenswert eingestuft […] Eine am heutigen Tag beim Sachverständigen Kohnke gehaltene Nachfrage bestätigte (jedoch) nochmals die Feststellungen vor Ort.«

Nicht nur das Kürzel erinnerte mich an die DDR (IM hieß hier aber offensichtlich »Innenministerium«), sondern auch die Art der Reaktion: Unangenehme Fragen wurden damals von Behörden grundsätzlich nur mündlich beantwortet. So auch hier. Aber man machte schnell einen »Vermerk« für den Vorgesetzten, der in diesem Falle handschriftlich hinzufügte, daß die Polizeiabteilung des IM klären werde, ob der Briefeschreiber »überhaupt eine dienstliche Berechtigung für eine derartige Nachfrage« habe. Man sieht: Die Mechanismen und Reflexe in deutschen Behörden sind zu allen Zeiten gleich, egal, wie das System politisch verfaßt ist.

Staatsanwältin Wilking vom Landgericht, mit der Beantwortung des weitergeleiteten Auskunftsbegehren beauftragt, schrieb am 16. Dezember 2002 an das Innenministerium in Kiel. Der Brief war jedoch nicht an den Fragesteller, sondern an einen anderen Herrn gerichtet – vielleicht der Chef des IM-Schreibers. Da es die gleiche Adresse und dasselbe Postfach war, sollte man dies vermuten. Auch hier las ich die bekannten Erklärungen:

»Hinweise auf eine Brandstiftung ließen sich nicht finden, insbesondere gab es keine Hinweise darauf, daß der Brand durch eine Person von außerhalb des Gebäudes gelegt worden ist. Aus diesem Grunde ist eine technische Ursache als Brandursache zu vermuten. Der Brandort wurde mit einem Elektrosachverständigen des Landeskriminalamtes aufgesucht. Aufgrund des hohen Zerstörungsgrades ließ sich die elektrotechnische Ursache jedoch nicht mehr nachvollziehen. Durch den Brandsachverständigen konnte festgestellt werden, daß verschiedene Einzelsicherungen, die verschiedenen Bereichen des Saales zuzuordnen waren (auch dem Bereich, in dem sich die Pflanzenlampe befand) ausgelöst haben.«

Nahezu am Ende der mir zugestellten Akte fand sich ein weiterer Vermerk von KHM Schmidt. Zeitlich müßte diese Notiz eigentlich weiter vorn liegen, denn sie datierte vom 8. November 2002: »Am heutigen Tag, um 8.00 Uhr, meldete sich hier fernmündlich Dr. Ibendorf, vereidigter Sachverständiger. Herr Dr. Ibendorf teilte mit, daß er von der Versicherung der Gemeinde der Zeugen Jehovas bestellt worden sei, um als Sachverständiger den Brandort in Augenschein zu nehmen.

Dies sei am gestrigen Tag geschehen.

Aufgrund der Feststellungen vor Ort, so Dr. Ibendorf, bestehe aus seiner Sicht ein Verdacht, daß möglicherweise doch eine Brandstiftung der Grund für das Schadenfeuer gewesen sein könnte.

Herr Dr. Ibendorf habe mit dem Versicherer bereits vereinbart, daß der hiesigen Dienststelle eine Kopie seines Gutachtens zugesandt werden darf. Herr Dr. Ibendorf bat um Mitteilung des hier geführten Az. und der Anschrift der Dienststelle.

Diese Daten wurden ihm per Fax übermittelt.«

Ich brauchte etwa vier Monate, um alle Untersuchungen vorzunehmen, die Resultate zu analysieren und die Arbeit abzuschließen. Ich benötigte etwas länger als Kollege Kohnke. Mein

Gutachten sandte ich am 21. März 2003 an den Rechtsvertreter der Gemeinde nach Hamburg, eine Kopie ging an den Sachbearbeiter der Kriminalpolizei Eutin, KHM Schmidt.

In meiner Zusammenfassung stellte ich fest:

»1. Der Brandausbruch erfolgte im Bereich des 2. und 3. Saalfensters auf der Nordseite des Gebäudes. Hier gerieten die Bestuhlung und die Gardinen in Brand. Die aufsteigenden heißen Brandgase durchdrangen die Zwischendecke und bereiteten die eigentliche Saaldecke und den Dachstuhl großräumig bis zur Zündung thermisch auf. Der gesamte Saal wurde dann relativ gleichmäßig von oben durch Wärmestrahlung und -konvektion sowie durch brennend herabstürzende Decken- und Dachteile vom Brand ergriffen.

2. Die Brandentstehung durch eine technische/elektrotechnische Ursache wird aufgrund fehlender objektiver Voraussetzungen ausgeschlossen. Ein Intensitätsgefälle, das auf die hintere linke Saalecke mit der Pflanzenleuchte hingewiesen hätte, konnte nicht bestätigt werden.

Dagegen weisen drei Untersuchungsbefunde auf die Inbrandsetzung durch eine subjektive Handlung/Tat hin:

a) die hochgeschobene Jalousie des 2. Saalfensters (vermutlich wurde zuvor versucht, die Jalousie der Nebeneingangstür hochzuschieben),

b) das zertrümmerte Fensterglas, dessen spröd gebrochene Scherben unberußt auf dem Fußboden lagen und auf dem textilen Fußbodenbelag Schattenstellen erzeugt haben, und

c) die Einbrennungen im Fußboden und die Spuren von Brandbeschleunigern im Teppichbelag.

Die Handlungen des Täters oder der Täter wurden von außen durchgeführt, ohne das Gebäude zu betreten.

Die Inbrandsetzung eines zu gottesdienstlichen Versammlungen bestimmten Gebäudes erfüllt den Straftatbestand der Schweren Brandstiftung gemäß § 306 StGB. Dr. Klaus Ibendorf«

Ich war der Überzeugung (und bin dies unverändert noch), daß jemand die Jalousie hochgestemmt, die Scheibe zertrümmert und eine brennbare Flüssigkeit hineingespritzt oder mit einer Plastikflasche in den Saal geworfen hatte. Einen Molotowcocktail in einer Glasflasche schloß ich definitiv aus, ich hatte keine entsprechenden Scherben im Schutt gefunden. Ob ein politisches oder religiös gefärbtes Motiv vorlag, würden andere zu ermitteln haben, denn auch wenn die Zeugen Jehovas, zumindest wie ich sie erlebt hatte, freundliche, friedliche Leute waren, die keiner Fliege etwas zuleide taten, ist so etwas nie von vornherein auszuschließen. Meine Vermutung ging in eine andere Richtung, und sie fußte auf Beobachtungen und Erfahrungen im Umgang mit Gewerbegebieten. Dort pflegten sich mitunter Menschen aufzuhalten, die anderswo nicht gelitten waren, die dem »bürgerlichen Leben«, aus welchen Gründen auch immer, gezwungen oder freiwillig, Valet gesagt hatte. Schon möglich, daß einer auf diese Weise in Eutin »Rache am Establishment« genommen oder sich nur die Zeit ein wenig zerstreut hatte. In einer tristen Gegend, zumal im trüben Herbst und mit Alkohol im Blut, konnte man schon auf dumme Gedanken kommen.

Diese Möglichkeit wird gewiß auch in Eutin ins Kalkül gezogen worden sein. Doch in kleinen Städten gibt es einen erkennbaren Zug, negative Schlagzeilen, die nach außen dringen und den Ruf beschädigen könnten, zu vermeiden. Der Wunsch, das eigene Nest rein zu halten, ist größer als die Neigung, einer eventuell schrecklichen Nachricht auf den Grund zu gehen. Unweit von Eutin lag Mölln, wo zu Beginn der 90er Jahre ein

Asylbewerberheim in Flammen aufging. Diesen Makel trägt die Stadt bis heute. Überall, wenn in der Bundesrepublik, ja selbst im Ausland, der Name »Mölln« fiel, dachte niemand an Till Eulenspiegel, der dort begraben liegt, sondern nur an Ausländerhaß, Fremdenfeindlichkeit und Intoleranz.

Brandstiftung in einem Betsaal einer Religionsgemeinschaft in einem Land, wo alles, was neben den beiden Großkirchen existiert lediglich als Sekte außerhalb des Mainstreams wahrgenommen wird, hätte sofort empörte Proteste bei den Gutmenschenim In- und Ausland ausgelöst …

Soweit ich informiert bin, führte mein Gutachten nicht dazu, daß die zuständigen Stellen in Schleswig-Holstein ihre Positionen revidierten und Ermittlungen gegen Unbekannt aufnahmen.

Noch im gleichen Jahr wurden auf dem Gelände in Bernau, wo sich einst die Kasernen der Sowjetarmee befanden, etliche Neubauten errichtet. Ein- und Mehrfamilienhäuser zumeist. Nur ein Gebäude war anders. An den Wochenenden wimmelten auf dieser Baustelle sehr viel Menschen, die, wie unschwer zu erkennen war, nicht vom Fach waren. Und, nachdem das Haus fertig war, sah ich, daß es eine fatale Ähnlichkeit besaß mit jenem, das in Eutin niedergebrannt worden war. Sollten die Zeugen Jehovas etwa …?

Eines Tages stand an der verklinkerten Fassade in großen Lettern »Königreich-Saal«.

Die große Flut

Im Sommer 2002 öffnete der Himmel über Zentraleuropa seine Schleusen. Es goß tagelang wie aus Kannen, und besonders im Freistaat Sachsen traten die Wasser über die Ufer. Bäche wurden zu reißenden Flüssen und Flüsse zu Strömen, weil mancherorts die Betreiber von Trinkwasserspeichern die Überläufe nicht prophylaktisch geöffnet hatten: Welcher Unternehmer läßt schon freiwillig blankes Geld das Tal hinunterschießen? So wälzte sich denn später die Flut durch manche soeben mit großem Aufwand und beachtlicher Heimatliebe fertiggestellte Innenstadt. Die Bezeichnung »Katastrophe« war durchaus angemessen.

Sie trug sich wenige Wochen vor der Bundestagswahl zu. Und obgleich alle wahlkämpfenden Parteien hoch und heilig schworen, diese Not nicht zum Thema des Wahlkampfes zu machen, taten sie es doch. Die rot-grüne Regierung, der die Demoskopen keine Chance einer Wiederwahl einräumte, zeigte sich energisch auf den Sandsackbarrikaden. Der Kanzler schritt mit Gummistiefeln und Bauhelm couragiert allen voran und sammelte mit grimmiger Entschlossenheit jene Stimmen, die am Ende eine Mehrheit, wenngleich eine hauchdünne, für die Koalition bedeuteten. Doch gewählt ist gewählt.

Natürlich war der Sieg in dem Sinne erkauft, daß reichlich Zusagen über »unbürokratische Hilfe« gemacht und diese auch tatsächlich gewährt wurden. Das rief nicht nur Schnorrer aus der Region auf den Plan – so geriet wenig später etwa eine Landesministerin von der CDU unter Druck, weil sie ihr Haus in sicherer Hanglage mit Hochwasserspenden saniert hatte. Auch die Vertreter von Versicherungen, Wohnungseinrichtungen, Baufirmen und andere auswärtige Trittbrettfahrer glaubten an der staatlichen Ausschüttung partizipieren zu können. Nachdem sich die Wasser verlaufen hatten, die Keller ausgepumpt waren und sich die Menschen ans Renovieren machten, fielen sie wie Heuschrecken in die heimgesuchten Orte ein, deren Namen im Fernsehen genannt worden waren.

In Eilenburg beispielsweise waren die Mulde und der Mühlgraben über die Ufer getreten und hatte etliche Häuser schwer in Mitleidenschaft gezogen, darunter auch das der Familie Kaltschmidt. Das zweigeschossige Gebäude war ein wenig verwinkelt. Man hatte im Laufe der Jahre an- und umgebaut, im Untergeschoß wurde es auch gewerblich genutzt, eben so, wie das vielerorts geschah. Die Anwohner hatten nach dem Hochwasser zügig gehandelt. Sie hatten verputzt, gemalert und tapeziert. Am 6. November 2002, als ich dort zum Lokaltermin eintraf, sah man von außen nicht, daß vor reichlich zwei Monaten noch Wasser durch Fenster und Türen geschwappt war.

Bei der Flut war auch Kaltschmidts Heizkessel irreparabel in Mitleidenschaft gezogen worden. Just in dem Moment, als man darüber nachsann, wie man über den nahenden Winter käme, klingelte an ihre Pforte der Abgesandte einer Hamburger Firma, die keramische Heizkörper produzierte und verkaufte. Welch Zufall!

Der freundliche Vertreter zeigte sich, um im Bilde zu bleiben, mit allen Wassern gewaschen. Er vermochte den Hauseigentümern nicht nur eine Heizung fürs Bad, sondern auch einen Elektrokamin inklusive Kaminfeuer fürs Wohnzimmer zu verkaufen. Solche Kitsch-Kamine gab es in jedem Baumarkt, doch dieser schien etwas Besonders zu sein, denn er kostete ein Mehrfaches von dem, was sonst für ein solches Stück zu bezahlen war.

Der Preis von insgesamt 12.781,35 DM (= 6.535,00 Euro) schreckte zunächst die Kaltschmidts. Doch das Wissen auf den nahenden Geldregen »von oben« ließ sie ein wenig rascher entscheiden als gemeinhin üblich. Zudem hatte der redegewandte Herr nicht nur reichlich Prospekte und überzeugende Argumente zur Hand, sondern auch eine Hausbank, die selbstverständlich die Kreditierung übernehmen würde. Sie müßten nur unterzeichnen und eine Anzahlung von 535 Euro leisten, den Restbetrag von 6.335 Euro übernähme die Bank. So einfach ist das. »Bitte hier unterschreiben!« Der Finger fuhr gewohnt in die richtige Spalte.

»Einmal Sie, und einmal Sie.« Dazu reichte er den Kugelschreiber.

»Tja, und was ist mit der Installation? Muß der Elektriker kommen? Da sind immerhin 2.000 Watt …«

»Kein Sorge, Herr Kleinschmidt. Steckdose genügt. Sie brauchen weder einen Elektriker noch irgendwen sonst.«

Der Vertreter klappte zufrieden sein Mäppchen zu und verabschiedete sich. Es war der 8. Oktober 2002.

Noch im selben Monat wurde der Elektrokamin (Modell Verona K 3000) geliefert. Zwei Packer wuchten das unhandliche und schwere Paket ins Wohnzimmer im Obergeschoß und stellten es an den freien Platz neben der Sitzecke. Die Männer steckten das Trinkgeld ein, bedankten sich artig und rollten vom Hof.

Der Hausherr meinte, daß dieser Platz der richtige sei. Allerdings befand sich keine Steckdose in der Nähe. Und die Schnur des Kamins selbst war zu kurz, um bis zur Steckdose an der anderen Wand zu reichen. So nahm er eine Verlängerungsschnur mit einer Fünffach-Steckdose, steckte diese in die Dose 70 cm über dem Boden, führte die Schnur hinter dem Dreisitzer an der Wand entlang, und als diese nicht reichte, nahm er noch eine weitere Verlängerungsschnur mit Dreifachstecker und steckte dort den Stecker vom Kamin hinein.

Petrus hatte einen angenehmen Herbst beschert, so daß es nicht zwingend nötig war, den Kamin für längere Zeit anzuschalten und das flackernde Kunst-Feuer zu bestaunen. Ab und an tat man es aus Neugier, und dabei stieg stets ein merkwürdiger Geruch in die Nase, was man darauf zurückführte, daß das Gerät neu war. Schließlich mußten Farbe und Dichtungsmaterial erst trocknen und einbrennen, beruhigten sich die Kaltschmidts. Man kannte das ja von anderen Geräten.

Zur Kaffeezeit saß die Familie in der Küche. Es war Dienstag, der 5. November. Nebenan, im Wohnzimmer, war der Kamin angeschaltet. Da es sich draußen merklich abgekühlt hatte, drehte Günther Kaltschmidt erstmals auf maximale Leistung. Die betrug 3.000 und nicht, wie er annahm, 2.000 Watt. Abends, beim Fernsehen, wollten, sie es gemütlich haben. Nun trank man gemeinsam, wie gewohnt, Kaffee.

Frau Kaltschmidt rümpfte plötzlich irgendwann die Nase. »Riechst du das auch?«

Ihr Mann nahm Witterung auf. »Stimmt. Als ob etwas brennt.« Er öffnete die Küchentür. Beißender Qualm schlug ihm entgegen, die Treppe nach unten war im Rauch nicht mehr zu erkennen.

»Wir müssen über den Balkon«, rief er völlig konsterniert. »Es brennt.«

Wenig später fuhr die Feuerwehr vor und löschte das heftige Feuer im Wohnzimmer.

Am Morgen darauf, gegen 7.25 Uhr, rief mich Kriminalhauptkommissar Zerche vom Dezernat 1 in Torgau an. Die Staatsanwaltschaft Leipzig lasse ermitteln – ob ich gleich mal kommen könne, um den Brandort zu besichtigen?

Ich sagte zu und schwang mich ins Auto – nicht ahnend, daß mich nach meiner Rückkehr aus Sachsen ein Anruf aus Eutin erreichen würde, der mich schon am nächsten Tag nach Schleswig-Holstein zwang. Manchmal häuften sich die Aufträge und nötigten einem große Mobilität ab. In meinem Gewerbe gab es kein Gleichmaß der Arbeit. Mal drängte sich alles, mal schwieg das Telefon ausdauernd – was auch nicht von Nachteil war. Dann konnte ich an neuen Geräten tüfteln und den Papierkram erledigen, um meine Frau zu entlasten, die in der Firma die Funktion des Finanzministers und des Bürovorstehers ausübte.

Um möglichst viele Spuren zu sichern, war es sinnvoll, so rasch wie möglich einen Ereignisort zu untersuchen. Die »Täter« bestimmten über meinen Terminkalender, nicht ich. In dieser Hinsicht war ich ihnen ausgeliefert, wenngleich keineswegs wehrlos. Ich konnte mich insofern wehren, als ich nicht gezwungen war, jeden Auftrag anzunehmen. Das war ein Luxus, den ich mir in den verflossenen Jahren erarbeitet hatte. Auch wenn ich einen Fall zu übernehmen ablehnte, mußte ich keine Sorge haben, die Betriebskosten, Gehälter und Honorare am Monatsende nicht aufbringen zu können. Ich weiß, daß dies nicht viele Selbständige heutzutage erklären können. Und die Tatsache, daß in den letzten Jahren bei allen staatlichen Ermittlungsbehörden erhebliche Einsparungen vorgenommen wurden, was auch in einer quantitativen wie qualitativen Reduzierung der Gutachtertätigkeit sichtbar wurde, betraf auch mich. Jedoch nahm die Zahl anderer Auftraggeber stetig zu. Manche finden mich im Internet, anderen wiederum wurde ich empfohlen. Eine aktive Kundenakquise jedenfalls muß ich nicht mehr betreiben.

Kurz nach 11 Uhr hielt ich vor dem Haus Am Anger 10 in Eilenburg. Es war reichlich frisch, ein klarer blauer Himmel lag über der Stadt. Die helle Fassade leuchtete in der tiefstehenden Sonne, Hier sollte es gestern gebrannt haben?

Ich stieg die Treppe zum Obergeschoß hinauf. Ein Rauchgaskissen hatte oberhalb eines Meters Wände, Türen und Decke berußt und thermische Schäden angerichtet. Es roch unangenehm, wie es an allen Brandstätten roch. Der Gestank haftete in jeder Mauerfuge und wich erst in Monaten. Daran mußten sich die Bewohner erst gewöhnen. Und manche gewöhnten sich nie und zogen darum aus.

Von der Treppe ging es rechts ins Wohnzimmer, an das sich der Wintergarten anschloß. Die Fenster dort standen sperrangelweit offen, um frische Luft hereinzulassen. Das Zimmer selbst glich einer Räucherkammer. Alle Wände – bis auf jene, wo die Hitze den Putz vom Mauerwerk gesprengt hatte – waren pechschwarz. Von der Decke hingen Elektrokabel wirr in den Raum. Die Schrankwand: reif für den Sperrmüll, von der gepolsterten Sitzgruppe in der Ecke gab es nur Rudimente der Gestelle. Daneben stand der Kamin, verrußt auch er, doch die Kacheln hatten die Hitze überstanden. Die Inneneinrichtung, das sah man mit einem Blick, war komplett unbrauchbar und die Bausubstanz angegriffen. Vielleicht weitaus stärker als durch das Hochwasser. Doch in jenem Falle gab es diverse Fördermittel. Die würden diesmal nicht kommen, und die Entscheidung darüber, ob die Versicherung zahlte, fiel letztlich mit meinem Gutachten. Viel würde es ohnedies nicht sein, denn wie sich zeigte, hatte die Familie keine Hausratversicherung ausgeschlossen. Lediglich das Gebäude war versichert, wie sie mir erzählten.

Ich sollte die Frage nach der Ursache des Brandes beantworten, vor allem, ob es einen ursächlichen Zusammenhang zum Elektrokamin gab. Und das bedeutete zu klären, ob der Kamin selbst – so er denn der Ausgangspunkt war – daran Schuld war oder seine Installation. Da diese vom Besitzer vorgenommen wurde, ließ sich ahnen, welche Konsequenzen das haben würde.

Zunächst untersuchte ich die Stromverbindung. Aus der Wandsteckdose, etwa 1,70 Meter von der Zimmerecke entfernt, ragten die beiden blanken Steckerstifte der Verlängerungsschnur. Der Steckerstromkreis, in welchem auch das Schlaf- und das Kinderzimmer eingebunden waren, wurde mit 16 Ampere abgesichert, wie ich mit einem Blick auf den Sicherungskasten feststellte.

Das Verlängerungskabel selbst war zu großen Teilen ohne Isolierung, das Feuer hatte sie verzehrt. Das galt für alle Verbindungen zum Kamin; das Kunststoffgehäuse des Raumthermostats des Kamins, der auf dem Boden lag, war äußerlich verschmort. Während die Fünfersteckdose noch Reste des Plastikgehäuses und Isolationsreste aufwies, war die Dreierdose völlig verbrannt. An den Drahtresten jedoch konnte ich später den Leiterquerschnitt messen. Er betrug einen Quadratmillimeter, was für eine Anschlußleistung von 10 Ampere reichte.

Die intensive Brandzehrung an der Verkleidung der etwa 2,45 Meter hohen Decke und die V-förmige Putzabplatzung markierte ziemlich deutlich den Bereich des Brandausbruches. Er befand sich hinter der Sitzgruppe, etwa dort, wo die Dreifachsteckdose gelegen hatte. Ich barg an dieser Stelle aus dem Brandschutt diverses Elektromaterial, um es im Labor zu untersuchen.

Nach etwa drei Stunden hatte ich alles gesehen, fotografiert und dokumentiert und im Auto verstaut. Ich ließ ratlose Hausbesitzer in Eilenburg zurück. Sie ahnten wohl dunkel, daß sie nicht ganz schuldlos an ihrer neuerlichen Misere waren. Das Hochwasser war höhere Gewalt – der Brand eigene Unwissenheit.

Das Feuer, das bestätigte auch die nachfolgende Auswertung der Bilder und aller festgestellten Indizien, hatte seinen Ausgang hinter dem Zweisitzer der Eckcouch genommen – eben dort, wo sich die Dreifachdose befand. Diese hatte sich erhitzt und die Rückseite der Couch entflammt.

Mehrfachsteckdosen sind – sofern der Leitungsquerschnitt mindestens anderthalb Quadratmillimeter beträgt – für eine Gesamt-Nennleistung von 16 Ampere bzw. 3.500 Watt ausgelegt. Die Dreifachsteckdose war mit ihrem Leiterquerschnitt von einem Quadratmillimeter maximal für 10 Ampere tauglich.

Da der Kamin jedoch 3.000 Watt zog, flossen 13 Ampere.

Das war das überhitzte Nadelöhr.

Aber selbst wenn dort eine andere Verlängerungsschnur gelegen hätte, wäre die Unternehmung riskant geblieben. Jede Steckverbindung zur Versorgung leistungsstarker Verbraucher stellt einen Schwachpunkt dar. Und das aus mehreren Gründen. Die Steckkontakte in der Dose können mit der Zeit ihre Federeigenschaften verlieren. Der lockere Sitz eines Steckers bewirkt aufgrund des erhöhten Übergangswiderstandes eine Erwärmung. Das Maß der Erwärmung wird von der Leistung des angeschlossenen Gerätes diktiert.

Die Erwärmung wiederum führt zu einem weiteren Nachlassen des Kontaktdrucks, was besonders kritisch werden kann, wenn die Kontaktstreifen direkt in thermoplastischen Kunststoff der Steckdosenleiste eingelagert ist. Die Instabilität erhöht den Übergangswiderstand, es wird noch wärmer, der Kunststoff weich und zunehmend thermisch aufbereitet bis hin zur Zündwilligkeit. Kurz, der Prozeß schaukelt sich auf. Irgendwann ist der Kontakt derart locker, daß Lichtbögen entstehen, die schließlich den Kunststoff entzünden. (Billigsteckdosen vom Baumarkt sind in dieser Hinsicht besonders gefährlich!)

Der gleiche Vorgang kann auch beim Stecker in Gang kommen oder – wie in diesem Falle – wenn der Leiterquerschnitt zu gering ist und dadurch eine Erwärmung erfolgt.

Man kann dieses Wissen nicht unbeding als Gemeingut aller Stromverbraucher in diesem Lande voraussetzen. Davon geht beispielsweise auch die in Frankfurt am Main ansässige Hauptberatungsstelle für Elektrizitätsanwendungen (HEA e. V.) aus, weshalb sie auf ihrem Merkblatt 4 ausdrücklich darauf verweist, daß Verbraucher mit einem Anschlußwert von 2.000 Watt und mehr – das betrifft also Waschmaschinen, Elektroherde, Warmwasserboiler, Kamine u. ä. – in jedem Falle eigene Stromkreise haben müssen.

Darauf hätte auch der Vertreter, der den Kaltschmidts den Kamin aufschwatzte, hinweisen müssen. In den Unterlagen, die der Hersteller aus Hamburg mitschickte, wurde im Kleingedruckten zwar darauf hingewiesen, daß der Kunde selbst dafür zu sorgen habe, daß die Steckdose und das Stromnetz den sicherheitstechnischen Vorschriften entspricht.

Doch welchen Wert hat eine solche Bemerkung?

Allenfalls einen juristischen – für den Hersteller.

Nach meiner Überzeugung darf sich ein Verkaufsgespräch mit einem potentiellen Kunden nicht darauf beschränken, ihm die Vorzüge des Angebots zu erläutern. Es müssen auch die lokalen Voraussetzungen geprüft, es muß also tatsächlich beraten werden. Das betrifft ausdrücklich auch die Prüfung der Anschlußmöglichkeit. Der Vertreter der Hamburger Firma hätte, die Provision vor Augen, auch einen Kamin an einen Eskimo mit Iglu ohne Strom verkauft.

Darum schloß ich mein Gutachten mit einem Satz:

»Somit ist ein Beratungsverschulden des Herstellers nicht auszuschließen.«

Damit, so will ich annehmen, konnte die Versicherung versöhnlich gestimmt werden.

Fast zwei Jahre später, am 2. Juni 2004, las ich in der Leipziger Volkszeitung von der Übergabe einer Hochwasserschutzanlage in Eilenburg (»Eilenburger Flut-Nadelöhr entschärft«). Für 1,4 Millionen Euro hatte man eine Betonstraße angelegt, über die bei Flut das Wasser künftig kontrolliert abfließen kann. Aus der Landeshauptstadt eilte der Umweltminister von der CDU herbei, um das Band zu durchschneiden und sich fotografieren zu lassen. Er hatte gleich noch einen »sächsischen Staatsgast aus der autonomen russischen Republik Baschkortostan« (LVZ) mitgebracht, um diesem zu zeigen, was man hierzulande alles zuwege bringt.

Allerdings teilte sich seine Hochstimmung nicht jedem Eilenburger mit. Denn nicht alle potentiell Gefährdeten wurden in den Hochwasserschutz einbezogen – eben nur jene, die am Prestigeobjekt Mühlgraben partizipierten.

Auf ihre Sorgen und Vorwürfe reagierte der Umweltminister, wie man es von Politikern gewohnt ist. Er antwortete abstrakt, in der Sache unangreifbar. »Der Freistaat ist nicht in der Verantwortung, Privatgrundstücke zu sichern.«

Die Mordsache Z.

Im August 2003 entdeckten Wassersportler im Oder-Havel-Kanal unweit des Oderberger Sees eine Reisetasche. Sie gehörte einer Frau, die seit dem 1. Mai 2002 vermißt wurde. Frau Z. war damals mit einem Opel Senator vom Hof ihres Hauses, das keine fünf Kilometer vom Fundort entfernt lag, gerollt. Das geschah in der Nacht gegen 2 Uhr, ohne daß sie zuvor ihren Mann unterrichtet hätte. Dieser vermutete, so jedenfalls erklärte er gegenüber der Polizei, daß sie nach Polen gefahren sei, um Zigaretten zu kaufen. Seither war sie nie wieder gesehen worden.

Nachdem die Tasche mit Papieren und anderen persönlichen Sachen aufgetaucht war, begann die Polizei intensiv zu suchen. Taucher entdeckten schließlich in der Kanalmitte bei Kilometer 83,5 ein Auto, das mit Muscheln überwachsen war. Darin tummelten sich nicht nur Aale, sondern es hatte sich auch reichlich Schlamm abgesetzt. Die Sichtverhältnisse unter Wasser waren auch zum Zeitpunkt des Tauchgangs ziemlich schlecht, da es sich bei dem Kanal um eine stark befahrene Bundeswasserstraße handelte. Die Schiffsschrauben wirbelten fortgesetzt Schlamm auf. Ein neben dem Autowrack ertasteter schwebender Gegenstand erwies sich nach dessen Bergung als Leichnam.

Das Fahrzeug mit dem Kennzeichen MOL-CH 89 wurde geborgen, die Leiche in das Brandenburgische Institut für Rechtsmedizin nach Potsdam gebracht, wo sie obduziert wurde. Es handelte sich in der Tat um die 44-jährige Petra Z., an deren Überresten die Natur seit 16 Monaten erkennbar gearbeitet hatte. Teile des Leichnams hatten sich bereits gelöst und fanden sich im Fahrzeug an verschiedenen Stellen. Die Liste des Potsdames Instituts im Spurenuntersuchungsbericht liest sich beispielsweise so: »Spur 01.6 (PKW Fahrerseite): 1. Acht unterschiedlich große, bis etwa 14 zu 3,5 cm in Fettwachs umgewandelte Weichteilreste, 2. eine rechte Elle, eine rechte Speiche, 3. acht Handwurzelknochen […] Spur 01.8 (PKW hinten links): 1. ein Großzehenendglied, 2. ein Zehenmittelglied, 3. drei Fingerknochen, 4. ein Handwurzelknochen.«

Die Leiche trug einen bunten Morgenmantel, der Gürtel saß noch fest, darunter fand sich nur noch Schlüpfergummi. Der Baumwollslip hatte sich inzwischen aufgelöst.

Im Auto selbst fand sich nichts Auffälliges. Drei Geldbörsen mit diversen Papieren, Dokumente, Feuerzeug, Brille, eine geflochtene Hundeleine etc. – also Dinge, die sich in den meisten Autos finden. Allerdings nicht ein einziger Geldschein, sah man einmal von den 10 tschechischen Kronen ab.

Womit also wollte sie die Zigaretten in Polen bezahlen?

Die Umstände ihres Verschwindens sowie die Bekleidung (im Auto wurde auch ein lilafarbener Hausschuh mit Stoffschnalle entdeckt – offenkundig trug Frau Z. nichts anderes an den Füßen), legten den Schluß nahe, daß es sich um einen Suizid gehandelt haben könnte. Denn welcher normale Mensch fährt tief in der Nacht, nur mit Morgenmantel und Pantoffeln bekleidet, nach Polen, um Zigaretten zu kaufen?

Am 27. August 2003, dem Tag nach der Entdeckung des Fahrzeuges auf dem Grund des Kanals, wurde ich vom Polizeipräsidium Frankfurt um Mitwirkung gebeten; Staatsanwältin Bargenda hatte dazu den Auftrag erteilt. Konkret sollte ich klären, in welchem Zustand das Auto in den Kanal gelangt und wie es geschehen war: aus eigener Kraft oder geschoben, und ob die Leiche auf dem Fahrersitz saß, als der Wagen unterging, oder woanders.

Mir wurden sowohl die vorläufigen Ermittlungsergebnisse einschließlich der gerichtsmedizinischen Befunde zur Kenntnis gegeben sowie das Fahrzeug zur Untersuchung überlassen.

Es handelte sich um einen Opel Senator, Baujahr 1987, der auf den Ehemann der Toten zugelassen war. Das Auto befand sich in einer Halle auf dem Gelände des Landeskriminalamtes in Basdorf. Dort hatte ich schon wiederholt sichergestellte Fahrzeuge begutachtet. Zwei Tage lang nahm ich das Auto sprichwörtlich unter die Lupe. Die Kofferraumklappe fehlte, die Scharniere waren abgebrochen. Das Dach hatte eine Delle, die Schreiben waren zerstört. An der Stellung der Fensterheber stellte ich jedoch fest, daß die Seitenscheibe hinten links vollständig, die beiden Scheiben auf der rechten Seite ebenfalls geöffnet gewesen waren. Das schien mir ein wenig ungewöhnlich: So lau war keine Aprilnacht zwischen 2 und 3 Uhr, daß man, nur mit einem Morgenmantel bekleidet, mit drei geöffneten Autofenstern über Land fuhr ohne zu frieren.

Im Zündschloß steckte der Schlüssel in Abzugstellung, das Abblendlicht mußte also eingeschaltet gewesen sein. Die Schaltung des Automatikgetriebes stand zwischen N (Leerlauf) und D (wie drive, also fahren).

Um die Lenksäule inklusive Lenksäulenschalter mit Blinker und Scheibenwischer war ein Textilstreifen gewickelt. Später bemerkte ich, daß es sich um ein Stück vom Saum des Morgenmantels handelte. Dafür gab es eine logische Erklärung, die zudem belegte, daß Frau Z. auf dem Beifahrersitz gesessen haben könnte. Zum einen fand ich Glasscherben auf dem Fahrersitz, die dort nicht hätten liegen können, wenn ein Mensch darauf gesessen hätte. Zum anderen lag zwischen Fahrersitz und Tür der rechte Unterarm der Toten. Der mußte sich gelöst haben, als die Leiche nach Bildung der Fäulnisgase vom Beifahrersitz zunächst zur linken Seite sank, bis sie auf dem Fahrersitz auflag. Dadurch gelangte vermutlich der rechte Arm zwischen Tür und Sitz. Als die Leiche auftrieb und durch die zerborstene Windschutzscheibe nach draußen drückte, blieb der Saum an der Lenksäule hängen.

Nachdem ich die Untersuchung des Autos abgeschlossen hatte, fuhr ich zum Ort, wo das Fahrzeug geborgen worden war. Im weiten Umkreis gab es keine andere Stelle, an der man an oder ins Wasser gelangen konnte. Man kam dorthin nur über eine Weide. Die beiden Betreiber hatten vor Jahresfrist einen zerstörten Koppelzaun und eine Fahrzeugspur festgestellt, doch dem keine besondere Bedeutung beigemessen, da dies nicht zum ersten Male passiert war, wie sie sagten. Es gäbe ein paar militante Umweltaktivisten, erklärten sie, die ab und an schon Zäune zerstört hätten. Dort hatten im übrigen auch die Wassersportler die Tasche von Frau Z. gefunden. Ich kam zu der Überzeugung, daß das Fahrzeug mit abgestelltem Motor und mit eingeschaltetem Licht frei ins Wasser gerollt war. Manipulationen waren nicht vorgenommen und das Gaspedal nicht belastet worden – wozu auch, der Motor lief ja nicht. Zudem mußte Frau Z. vorn gesessen haben, nicht im hinteren Teil, sonst wäre ihre Leiche noch immer dort gewesen, als man sie fand. Die Fenster hinten waren zu klein, uneignet auch das Rückfenster wegen der Delle im Dach – vermutlich von der Schraube eines Schleppers verursacht, die auch die Heckklappe mitriß.

Aus allem schloß ich in meinem Gutachten auf zwei mögliche Versionen:

»1. Frau Z. setzt sich um 2.30 Uhr mit Slip, Morgenmantel und Pantoffel bekleidet nebst gepackter Reisetasche ins Auto, steuert den Wagen orientierungslos über die Koppel bis zu der bewußten Stelle, überwindet den Koppelzaun und fährt in den Kanal. Das Fahrzeug versinkt und Frau Z. kommt durch Ertrinken ums Leben.

2. Frau Z. kommt bei einem häuslichen Unfall, Streit oder anderen Umstand ums Leben bzw. erweckt den Eindruck, nicht mehr am Leben zu sein. Eine unbekannte Person setzt die leblose Frau auf den Beifahrersitz. Der Unbekannte fährt den ihm bekannten Weg zum Kanal genau an die einzige Stelle, an der man im weiteren Umfeld einen PKW hinreichend tief versenken kann. Er bringt das Fahrzeug auf der Uferböschung zum Stehen, nachdem er den Koppelzaun überwunden hat. Er betätigt die elektrischen Fensterheber (vielleicht schon während der Fahrt), um die Scheiben abzusenken, dann stellt er den Motor ab, steigt aus und läßt das Auto ins Wasser rollen (eventuell hilft er durch Anschieben).

Der Ehemann hatte in dem von ihm und seiner Frau betriebenen Imbißstand dem ORB ein Interview gegeben. Vorn am Tresen flatterte ein Zeitungsauschnitt. »Vermißt« stand über dem Paßbild seiner Frau und dem erläuterndem Fahndungstext. Z. schilderte der Fernsehreporterin souverän und emotional kaum beteiligt den Weggang seiner Frau. Wer dran war, holte eben Zigaretten aus Polen, weil die billiger sind, sagte er. Und da beide verschiedene Marken rauchten, sie aber von ihrer Sorte keine mehr besaß, war sie an der Reihe. Dann kassierte er einen Kunden ab. Ja, ihr Sohn wäre vor Jahresfrist tödlich verunglückt. Er müsse sich nun allein durchschlagen, doch Freunde würden ihm helfen.

Inzwischen ist auch der Mann verschwunden, nachdem er

seinen Kiosk für einen Euro verkaufte. Es heißt, er sei im Ausland.

Die Staatsanwaltschaft verwarf die Möglichkeit eines Suizids dennoch nicht. Was ist, wenn die Frau selbst das Auto in den Kanal gelenkt hatte?

Im Sommer 2004 ersteigerte ich im Internet einen baugleichen Opel Senator für tausend Euro, um mit diesem ein Experiment an der Unglücksstelle vorzunehmen. Ich wollte feststellen, ob der Wagen aus eigener Kraft, nur getrieben durch sein Eigengewicht, überhaupt die Böschung herunterrollen konnte. Falls nicht, würde das mindestens die Hypothese stärken, daß der Wagen durch eine zweite Person hinunterschoben worden war.

Ich holte den PKW aus Marburg ab. Er war in einem guten Zustand, nur an einigen Stellen wies er Roststellen auf. Ich glitt wie mit einem Schiff auf der Autobahn dahin, der Motor surrte leise, und wenn man das Gaspedal bis ganz nach unten trat, pendelte die Tachonadel um die 250. Der Benzindurst des Sechszylinders war entsprechend

Deshalb fuhr ich, als ich Berlin erreichte, zunächst auch nicht zum Kanal, sondern zu einem Gebrauchtwagenhändler. Den fragte ich, ob er mir das Gefährt abnähme – was sollte ich mit einem zusätzlichen Spritschlucker? Er willigte ein. Er wußte ja nicht, was ich damit vorhatte.

Allerdings traten andere auf dem Plan, die meinem Vorhaben skeptisch gegenüberstanden. Doch nicht, weil ich die Forderung bekräftigen könnte, sie müßten einen Mörder suchen, sondern aus Gründen des Umweltschutzes. Ich könne kein betriebstaugliches Fahrzeug mit all seinem Öl und Benzin in den Kanal steuern, hieß es.

Im Sommer 2004 waren die meisten Fragen darum noch unbeantwortet. Wir traten auf der Stelle.

Am 10. August brannte das einstige Haus der Familie Z. bis auf die Grundmauern ab.

Ob der Fall damit eine neue Wendung bekam? Die Untersuchungen laufen noch.